JN125045

# 河内つれづれ 散歩道

伏谷 勝博

竹林館

# 河内つれづれ散歩道

## 目次

## 河内つれづれ

## 人生散歩道

付録



カバー画・挿画　林田健二

# 河内つれづれ

小深・山本家住宅

# 河内長野市発足の頃

私が生まれ育ったのは、古くは河内国錦部郡鬼住村だった。明治時代になって市町村制が施行されると、南河内郡川上村大字鬼住となった。終戦後、人口三万人超で市制が施行できる合併促進法が施行され、昭和二十六年にすでに隣の富田林市が発足していたのに刺激され、南河内郡南部六カ町村が合併して市制を施行しようと、各町村から合併促進委員が任命され、紆余曲折の末やっと合意が成立し、昭和二十九年四月一日に河内長野市がスタートしたのだった。合併に際し、市の名称をどうするかが協議され、長野県長野市が存在したので、「河内国」を冠した河内長野市と決まった。市章については市民から募集し、五弁の桜の中に「長」を描いたマークが選定された。

四月に市長選と市議会議員選挙が実施された。市議選は全市一選挙区で実施するのが在るべき姿なのだが、合併当初は旧町村間の競争意識が濃厚で一回目だけは議員定数の三十名を旧町村の人口比で割り振ることとなり、旧長野町が十六名、旧三日市村が四名、その他川上、天見、加賀田、天野の旧村は二名ずつと決まった。それぞれ旧町村ごとの競争意識が高く、各選挙区とも村長、議長を中心に立候補者が立つという様相を呈した。川上村では七地区のうち錦川校下の石見川、小深、太井、鳩原の四地区が自治会長の推薦で元村長の田中信吾氏を立て、楠郷校下の寺元、神が丘、河合寺の三地区からは亡父ともう一名の二候補が立ち、実質上この二人の争いとなった。私事ではあるが、亡父は旧川上村村会議長として昭和二十二年以降合併するまでずっと議長を務め、合併促進委員として頑張ってきたのだが、結果、選挙民の多かっ

鬼住橋

た寺元地区の候補に亡父が破れるという悲劇を味わったのだった。ちょうど私は府立富田林高校に入学したばかりのときだった。開票結果が気がかりだったので、河内長野駅で途中下車して駅前の掲示板を見にいった。結果は不安が的中し、亡父は落選していた。三日市駅から自転車を押して家へ帰った。家の中は運動期間の一週間、飲食のどんちゃん騒の賑わい（当時は飲酒が認められており、集落の支持者が夫婦連れで応援に来てくれ、夕食時は酒食で賑わっていた）が嘘のように静かで、両親は後片付けをする気力も消えうせ、母の親友のNさんが洗い物など後片付けをしてくれたのを憶えている。あのときの経験から選挙は絶対に勝たなければ駄目だと思った。

父と争った相手候補も元村会議員で亡父とは親しかったが、不運にも一年足らずで亡くなられ、翌年四月に補欠選挙が実施され、再び寺元地区の候補と争うことになった。今度は錦川校下の四地区の自治会長が、前回も五十票ばかり伏谷に回していたら合併の功労者に悲運を味わわせずに済んだのにと支持をしてくださり、亡父は市議に当選し、以後三期十一年間頑張ったのだった。

市長選では旧長野町長だった小柴竹虎氏が選ばれ、三期にわたって市の基礎作りに奔走された。市発足当初は旧町村の人口比による力関係が重要視され、助役は旧三日市村出身の山田氏が就任され、収入役には旧加賀田村助役の上之坊氏が選任された。議長は旧三日市村出身の高岸宗次氏が選ばれた。小柴氏は京都大学卒の医学博士で、高岸氏は大阪大学卒、関西配電(株)役員出身というそれぞれに人格識見に優れておられた。義父が大阪府庁の幹部だったので、当時府庁内では河内長野市は小さな田舎の市ながら、市長、議長共に傑出していると評判だった、と後日話していたのを記憶する。

振り返って河内長野市が最も発展した時期は二代目の井上喜代一市長のときだったと思う。井上市長も合併当初は高向村から市議に選出され、青年市議として市議会の野球チームの投手を務められたのだった。自宅でユースホステルを開業しておられ、大阪府ユースホステル協会の幹部としても活躍、日本の協会代表として海外視察団に加わってヨーロッパを回られ、私の成人式のときに海外渡航の体験談を講演されていた。

井上氏は一期で市議を辞任され、家業のユースホステル事業に専念しようとされたが、若者の教育に関心が強いということもあり、市教育委員長として教育行政にも力を入れられたのだったが、結局市長との間で教育に対する考え方の相違から委員を辞任された。このことが伏線となったのか、小柴氏が四選を目ざされたとき、一人の人物が長く権力の座にあるとぼうふらがわくと言って若者の教育推進を強調して立候補され、当選されたのだった。

井上市長の最大の功労は滝畑ダムの建設を成し遂げられたことであり、市長在任中に新しい住宅団地の開発が進み、大いに市勢が発展した。本人は絵画を趣味とされ、水没した滝畑地区には殊の外愛着を抱かれ、数々の絵画を残されており、その一点が図書館に飾られている。また、万葉集にも造詣が深く、市長職の激務の傍ら市内各地を歩いてスケッチをして回られ、『かわちながの百景』、『スケッチ万葉の旅』などの著述を残しておられる。

# 延命寺と亡父とのかかわり

河内長野市発足当時の思い出はこれくらいにしたい。私が生まれたのは旧川上村大字鬼住だった。終戦の昭和二十年四月に村立楠郷小学校に入学した。「楠郷」とは楠木正成の郷里を意味する由緒ある名称であり、私は愛着を感じている。一世紀を超える歴史を誇りながら、不運にも過疎化の影響で昭和五十九年に廃校となった。村内の錦川小学校と共に近くの住宅団地内に開設された「川上小学校」に合併されたのだった。

楠郷校下には観心寺、延命寺、河合寺の名刹があり、村人はそれぞれのお寺の檀家として仏教に深くかかわっていた。そして昭和二十年代から三十年代は農林業で生計を立てている家庭が多く、日常の生活の中で仏教との関わりが深く、信心深い人々が多かったように思われる。この辺の経緯については、拙著河内四部作の中で触れているので重複を避けたいが、延命寺と川上中学校のことについて記憶をたどりながら記しておきたい。楠郷と錦川の廃校に際しては記念の文集が発刊されているが、新制の川上中学校については期間が短かったこともあり、正式な記録が残されていないので、私なりの記憶をたどりつつ「川上中学校回想私記」として巻末に綴りたい。

延命寺のことについても、拙著『河内の野面（のづら）』の中で詳しく記述したものを巻末に再掲したが、昨秋、老僧上田霊城師が遷化（せんげ）されたので、上田霊城師にかかわることを少しばかり述べておきたい。

老師は私の姉とは楠郷小学校の同級生である。姉の言うには、和歌山市から十一歳のときに先代覚城和尚の弟子に入られ、小学五年生のときに編入されたという。小柄だったが目許のすずしいきりりっとした姿で、田舎育ちの男の児とはひと味違う印象だったという。

私の父とは長い付き合いで、父は戦後二代目総代会会長として延命寺のために熱心に努めたと思う。昭和三十年代初頭に河内長野市内の名刹や史跡が府立公園に指定されたとき、当初は延命寺が外れていた。父は浄厳・照遍という仏教史に残る傑僧を輩出した由緒ある延命寺を外すとは納得がいかないと言って、府議を介して赤間文三知事、古川丈吉代議士、大仲府議（常任委員長）を延命寺に招いた。上田霊城師から延命寺の由緒を説明するとともに、亡父は府立公園に指定してくださるよう直訴し、その結果、延命寺は府立公園に追加指定されたのだった。

延命寺は火事運が悪く、昭和十七年と四十六年に本堂が火災で焼失している。亡父は二度とも建築委員長として再建に尽力したのだった。父から聞いた思い出の一つは、お寺の近くに美加之台地区の住宅団地が開発されたとき、寺領の一部を墓地に造成して売却すれば、法事や彼岸・お盆のときには需要もあり、経済的に潤うだろうと総代会で発言したところ、霊城師は「今のところ延命寺は何とか経済的に成り立っている。お寺は観光的になったり経済的繁栄を目ざすべきではない。お寺は心の拠り所であるべきだ」と反論されたという。これを聞いて亡父は余計なことを言ったと、それ以降は経済的なことは一切進言しなかったという。

それで父が亡くなったとき、霊城師は枕経・通夜式・告別式と自ら勤めてくださり「伏谷様には大変お世話になったので、これだけは自分で勤めなければ気が済まない」と言われ、私が本堂再建の功労により覚城和尚から戒名を頂いておりますと話すと、「それはひとまず置いておいて、私が改めて考案させていただきます」と、無償で新しい戒名を付けてくださったのだった。

霊城師は、昨秋九十二歳で遷化されたが、密葬は観心寺名誉住職の永島龍弘師が、本葬は一の弟子で前仁和寺管長の建部祐道師が祭主を務められた。近年葬儀が簡素化されてきている中で、本山の御室仁和寺、嵯峨の大覚寺、大津の石山寺、奈良の元興寺、唐招提寺、葛井寺、中山寺、尾道の千光寺ほか近隣の真言宗寺院からの参列、供花で大変な盛葬であった。

私は父から本堂再建の経緯を聞かされ、自らは境内で催された盆踊り大会、弘法大師降誕会での柴燈護摩供養、布教道場での映画上映、村芝居その他の会合など数多くの思い出があり、子供の頃から長年お寺とかかわってきた。祖母や両親の日常生活の中での仏教に帰依する行いの中から、延命寺と空海弘法大師の存在は私の生き様に少なからず影響していることを否定できない。そのような中で、昨秋、霊城師が遷化されたことは心のどこかに空白感を覚えるのである。

霊城師は、戦前に「日曜学校」を開催していたことから、昭和三十年代にお寺の情報誌「ともしび」を刊行された。まだ謄写版印刷の時代で、檀家から原稿を募って刊行されたもので、その中で師は、宗教的な心構えとか祖先の祀りについてやさしく説かれたこともあった。私も父の勧めもあり、二〜三度投稿し、載せてもらったことがあった。手許に私の原稿の載った「ともしび」が残っている。これも遠い昔の思い出の一つである。

延　命　寺

# 上田霊城師への弔辞

延命寺檀家総代を代表して、謹んで薬樹山延命寺第十五世名誉住職、大僧正上田霊城師にお別れの言葉を申し述べます。

私たち延命寺の檀家は、毎年お寺が執り行われる祭礼に参加してまいりました。その都度霊城老師からは優しいお言葉をかけていただき、様々にお導きを頂いてまいりました。あの温顔に再び接することができないことは、私たちにとり本当に辛く悲しいことでございます。

いま秋たけなわの好季節です。延命寺には弘法大師お手植えと伝えられる「夕照の楓(ゆうばえのもみじ)」はじめ、名物のもみじが今を盛りに紅葉しております。しかし、今年は主を失ったためか心なしか色が冴えないように感じるのは心のせいでしょうか。

霊城老師は遠く十一歳のときに先代の覚城和尚の弟子として入られ、爾来八十有余年の長きにわたって草深い神が丘の地で延命寺の法燈を守ってこられました。その間、不運にも消失した本堂の再建をはじめ、位牌堂や客殿を再建され、戦前の伽藍配置を復元されました。

現住職の上田霊宣師、お孫さんの副住職と三代が揃い、幸運が隆昌におもむき、後顧の憂い無きものと拝察され、檀信徒一同喜びに堪えないところであります。

霊城老師は、本山の御室仁和寺及び種智院大学の講師を長く勤められた傑僧で、近隣の宗教界でその盛名をほしいままにしてこられました。

ここで私の思い出の一コマをご披露申し上げます。私は富田林高校の同級生と古社寺や名所旧蹟などを巡遊してまいりましたが、十数年前、御所市の船宿寺へ参詣したときのことでございます。船宿寺は「関西花の寺二十五カ寺」の一つとしてつつじの名所でございます。私たちが本堂に拝観し、小堀遠州の作庭になる庭園を見学しているとき、説明にあたってくださった住職に対し、たまたま私が観心寺も「関西花の寺二十五カ寺」の一つですが、私はその近くの延命寺の檀家である旨申し上げたところ、途端に住職の態度が変わり、「あなた延命寺の檀家ですか。私は上田霊城師、俗姓秋山様とは高野山大学の同期生です。私は末席を汚すばかりでしたが、秋山様は常に首席を占められ、時には師範の代わりを勤めておられました。奈良県下の僧職の会合で講演していただいたこともございました。お帰りになりましたら、船宿寺の住職がよろしく伝えてほしいと申していたと伝えてほしい」と告げられ、後日、延命寺にお邪魔して奥様にそのことをお伝えしたことがございました。

また、私が大阪市立中央図書館長だったとき、延命寺の先輩住職で明治期の傑僧であられた照遍和尚について、霊城師が書かれた論文を拝見したことがございました。後日、そのことをお伝えすると、自分のお寺の先輩のことだから適任だからと勧められ、論文を書いたのだったとおっしゃいました。

最後に一つだけ心残りのことを申し上げます。本日も参列している総代の追矢史郎様と二人で老僧にお願いしたことがございました。「老僧のおつむには貴重なことがたくさん詰まっておいでのことでしょう。そのままあの世に持っていかれたら勿体のうございますので、『日曜学校』のような形でも結構ですから定期的にお話してくださったら、私たちは聴講に伺います」とお願いしたところ、軽くお断りされてしまいました。そして今や幽明境を異にして、お別れの言葉を述べることになってしまいました。

どうか御魂の安らかならんことをお祈り申し上げ、いつまでも私たちをお見守りくださいますことをお願い申し上げ、お別れの言葉と致します。

合掌

令和弐年拾壱月拾壱日

延命寺檀家総代代表　伏谷勝博

# 楠公史蹟巡りの遠足

小学校一、二年の遠足は楠妣庵（なんぴあん）だったが、三年になると楠公史蹟巡りのコースが選ばれた。昭和二十二年といえば、まだ戦後の混乱が収まっていなかったので、田舎では乗り物を利用して出かけるより、歩いて訪ねる行き先が選ばれたのだった。引率の先生は、復員兵を含め地元から通っていたので、細い山路ながらコースを憶えていて、道筋を確認しながら進んだ。

楠郷小学校から河合寺へ歩き、河合寺から山の尾根伝いに金胎寺城址へ、さらに北へ嶽山（だけやま）まで歩き、嶽山の山頂近くの竜泉寺へ、竜泉寺から山を下って楠妣庵を訪ね、ここから峠を越えて観心寺畔を通って小学校へ帰ってくるコースが設定された。全行程15キロを超えるので三年生には少し強行軍の行程だった。だから三年生には一人ひとり五、六年生がついて補助してもらって歩く方法がとられた。

当日小学校を出発した一行は、昇條坂を下って河合寺へ。山門をくぐり急な石段を登りつめると金堂前に出た。金堂前の広場は展望台になっていて眺望がよくきいた。河合寺は寺伝によると、皇極天皇の命により蘇我入鹿が創建したもので、その後、歴代天皇の信仰も篤く寺運が栄え、河南三大名刹の一つに数えられた。承平の頃には搭頭が二十四坊も連なり、現在の清教学園の一帯から長野遊園地に至る広大な寺領を誇っていた。しかし、正平三年（一三四八）楠木正行が四條畷で戦死して後、足利氏の改めるところとなり、一夜にして大伽藍が焼失し、寺宝が失われた。その後、織田信長に寺領を没収され、寺運はさらに衰微したのだった。しかし、大阪市立美術館に寄託された立派な仏像二体（重文指定）を拝観したときには、往時の一端を垣間見る思いだった。

山上の展望台でしばらく休憩の後、ここから尾根伝いに北の方角へ歩き始めた。道幅一メートルばかりの里道が雑木林の中を通じていた。尾根筋を右に迂回すると左手眼下に眺望が展け、見事な俯瞰図を見る思いがした。はるか下方に石川が蛇行して流れ、田園地帯の中に集落の民家が散在した。汐の宮から滝谷不動へ続く近鉄南大阪線をときたま二両連結の電車が走っていた。

河合寺を出発して三十分ばかり歩くと金胎寺城址に到着した。楠木十八の出城の一つで尾根筋のこぶのような高台の一角にあった。攻めるには急坂を登らなければならず、四方の眺望がよくきいて戦略上の好位置を占めていることは素人にも理解できた。鎌倉勢が石川に沿って攻めてくるのは一目でわかり、北の嶽山から金胎寺城址へ、さらに南の烏帽子城址へと狼煙（のろし）をあげて連絡しただろうことは想像できた。別の機会に高校の「亀の会」で訪れた平岩城址や持尾城跡も楠木出城の一つで、戦略上と同時に連絡上も好位置を占めていて、楠木正成の武将としての非凡さを証明しているようだった。枝ぶりの良い松が三本ばかり立っていて、石碑と土塁の一部が残っていたように記憶する。金胎寺城は、正平十五年（一三五〇）足利義詮の嶽山・金胎寺攻めによって焼失したという。

金胎寺城址からさらに北へ尾根筋を進むと嶽山山頂に辿り着く。嶽山からどのような道を辿ったか記憶にないが、頂上から少し下って竜泉寺へとやってきた。嶽山を背負うように杉、檜、松、桜などの木立に囲まれた広い境内は静かなたたずまいだった。ここで昼食となった。みんな持参のお握りを食べた。静かな境内に小鳥のさえずりが聞こえ、睡蓮の池だけが印象に残っている。

　後年、竜泉寺へは何度も訪れたが、当寺は牛頭山医王寺といい、真言宗の名刹である。寺伝によれば、推古天皇の勅命により、蘇我馬子によって創建されたという。かつて水運が悪かったが、言い伝えによれば、龍にまつわる話と弘法大師の雨乞いの秘法と湧水の話が語りつがれている。蓮池がこの湧水の池だった。今なお睡蓮の間を鯉が泳いでいる。当寺は寺運盛んで、かつては多数の塔頭と坊舎が建っていたが、足利勢の嶽山来襲と室町時代の守護職をめぐる畠山兄弟の争いによって兵火に遭い、ほとんどが灰じんに帰したという。

　竜泉寺の境内を後に坂道を下ると竜泉と蒲（がま）の集落へ出た。府道千早富田林線に沿って千早方面へと歩いた。やがて東條村（現　富田林市）甘南備（かんなび）の集落へ着いた。甘南備の集落のはずれ、府道を少し脇へ入ると見憶えのある石段の前へとやってきた。遠足で二度も訪れた楠妣庵だった。

　石段を登って境内へ入った。楓や楠の茂った静かな雰囲気の山寺だった。私たちはまず一目散に泉水のほうへ走っていった。山椒魚を見るためだった。先年、遠足で初めて見た山椒魚の印象は強烈だった。後年、再び訪ねたとき聞いた住職の奥さんの話によると、先代の住職が郡上八幡出身で、郡上からもらってきたものが、きれいな水のこの地で長く飼育されたものだったらしい。本堂の前からさらに石段を登ると草堂と楠氏一族のお墓があった。当時の私たちには楠妣庵のいわれや戦前にどれほど盛んだったかは知る由もなかった（楠妣庵のことは拙著『河内つれづれ』に詳述）。

楠妣庵で最後の休息をとった後、観心寺のほうへ向かった。途中楠の木がトンネル状に植えられた坂道を登った。これは皇紀二千六百年（昭和十五年）に整備されたものだった。峠を下っていくと観心寺の畔に出た。寺元地区の集落だった。ここから一キロばかりの府道を歩いて、楠郷小学校へと帰ってきた。

今振り返ると、河合寺、金胎寺城址、嶽山、竜泉寺、楠妣庵と巡ってみて、すべてが南朝（吉野朝）方、とりわけ楠木正成とゆかりの古寺、史蹟ばかりである。旧東條村もとっくに富田林市に合併されているが、甘南備出身で富田林高校で同級生だった女性が、中学時代、先生に引率されて嶽山や金胎寺へ登り、石川や近鉄の電車を眺めたことが思い出だと話したことがあった。当時は文字通り歩いて辿るのが遠足だったが、一日のうちにこれだけの史蹟を巡ったことは意義深い。近年は遠足といっても、目的地近くまで観光バスで出かけるのが一般的で、長距離を歩くのは交通事情もあって敬遠される。尾根筋の里道は今は歩けるかどうかもわからないし、このような企画はない。しかし、歩いて巡れる由緒ある史跡が多数存在する河南の地はやはり素晴らしいと思うのである。

観　心　寺

# 電灯のこと　鬼住

　この地〈大字鬼住、現在は神が丘〉に電灯が点ったのは昭和の初頭だったらしい。それまではランプ生活で、子供の頃、父から度々聞かされたのは、「自分が子供の頃は〈注：父は明治三十五年生まれ〉、学校〈楠郷小学校〉から帰ってくると、日課として飼っている牛に食べさせる草を籠一杯分刈り取ってくることと、ランプの火屋（ほや）を磨くことを親から命じられ、それを終えなければ遊びに行けなかった」と。

　当時、関西配電〈株〉〈戦前は関西配電〈株〉といい、戦後関西電力〈株〉となった。戦争中は大阪市交通局〈電気局〉と合併させられ、戦後再び分化した。〉が村内に電灯を敷設するには、地元にそれ相当の協力を求めたようだった。集落の第一組小字伏谷〈フセダニ〉地区は八軒の居住で、地区内に電灯を引くには電柱が十本ばかり必要で、早期に敷設するには地区に電柱の寄付を要求されたらしい。その頃は材木が高価だったが、伏谷地区八軒の中で山林所有の三軒が十本の電柱を用立てたのだった。八軒のうち梅尾本家だけは鬼住川の支流の別の谷筋に家があったので、途中から分岐して七〜八本の電柱で独自に電線を引いていた。寄付した電柱用の杉の立木は、自分たちで伐り倒して府道まで運び出さなければならなかった。当時集落には〝結い〟の制度が存在したので、八人の男性が出て伐採から運び出しまで協力して奉仕したらしい。ただこの辺の事情は祖母からの言い伝えで、今となっては確かめようがない。

しかし、ランプ生活に別れを告げ、各家庭に電灯が点ったときの喜びはどんなだったかと想像するのである。ただし、当時は電気代が高価だったので、一軒に一灯の定額制と複数灯の従量制に分かれていて、定額制の家庭のほうが多かった。その辺の事情は子供心にかすかに記憶している。

このようにして敷設された電灯も、時間の経過と共に電柱も老朽化したが、戦争が次第に激しくなり維持管理に十分手が回らなかった。終戦後、電柱を取り替えるべきときが来たとき、日本国中が異常な物資窮乏の時期だったので、再び地元で電柱用の材木を用意して関西電力(株)に建て替えてもらうことになった。再び十本の電柱を山持ちが寄付して、八軒の男性が伐り倒して府道まで運び出したのだった。その辺の事情は小学校低学年の頃だったがはっきりと記憶している。

以降の電柱の取り替えは関西電力(株)よって実施された。二度目は材木を乾燥させて腐食防止用のコールタールを塗装した真っ黒の電柱が建てられ、さらに三度目の取り替えになって、現在各地で一般的に使われている鉄筋コンクリート製の電柱となったのだった。

そして笑い話のようなことを記憶している。初めて電灯が敷設されたときは、関西配電(株)が電柱の登録名を地域の名称に基づいて行ったのだった。つまり大字鬼住は小字の一組が伏谷(フセダニ)、第二組が中村、第三組が出雲路(イズモジ)となっていた。「鬼住」が「神が丘」に変更になったのは昭和二十九年四月一日だったが、関西電力(株)による電柱の登録番号が神が丘一号、神が丘二号……と変更になったのは昭和五十年代になってからだった。

我が家は伏谷地区の伏谷姓だが、地区名をフセダニ、姓はフシタニと区別して呼称してきた。昭和四十年代に入って河内長野市内に住宅開発が急激に進み、十団地ほどが造成された。その結果、人口が合併時の三万人超からピークは十二万人弱まで急増したのだった。ある住宅団地に引っ越してきた職場の知人が、あるとき延命寺から私たちの集落を散策した折、電柱の表示が伏谷一号、伏谷二号……となっているのに気付き、私に対して「公の電柱表示が個人の名称になっているのはどういうことか」と尋ねたことがあった。私は「伏谷」の使い分けの事情と、当初、関西配電（株）の電柱の登録を地元の名称のまま安易に登録したことを、説明したのだった。

〃結い〃の制度は全国各地に長く存続した制度だったが、神が丘地区でも昭和の三十年代半ばまでは残っていた。電柱の運び出しはもちろんのこと、地区のどこかの家の屋根の葺き替えのときなど、瓦葺き、藁葺きに拘わらず、隣組が奉仕して扶け合って事業を遂行してきた。しかし、男性が町に働きに出かけるようになって結い制度は自然消滅していったのだった。ただ、農耕に従事している家の間では、初夏の植え付け前の時期になると、田圃へ川から水を引く水路（地元では〃いせき〃という）の泥濮えと掃除などの作業は、関係者が集まって〃溝濮え〃といって共同で維持管理をしている。また、集落で保有している墓地の維持管理や里道の道普請などに〃結い〃の制度の名残を見るのである。

## 溝濮へ共に汗かく結ひ仲間

# 山林経営への思い

令和三年の正月も明けた六日に神が丘の実家に帰り、経師谷の持山へ入り山始めの儀式を執り行った。儀式といっても洗い米を神の敷に盛り、御神酒用の清酒の二号瓶を持参し、山で榊の枝を折り取って瓶の口に指し、適当な切り株の上に並べて般若心経を唱えるだけである。これから山に入ります、鋸、鉈、鎌等の刃物を使って仕事をしますので、今年一年怪我のないようにお守りくださいと山の神に祈るのである。

これが私流の山始めのセレモニーである。どれだけ効験があるかはわからないが、このような祈りをすることによって心が澄み、安心感を覚えるのである。このような作法は、亡父が行っていた方法を見様見真似で継承しているだけである。大昔から日本人は山や森、また川や大木に神性が宿ると信じ、祈りを捧げることで身の安全を願ってきた。

祈りを終えると、洗い米と御神酒を周辺に撒いた。そして鋸、鉈、鎌を身につけ、麦藁帽をかぶり、手拭や軍手をはめて山の中へ入っていった。山仕事といっても八十代の老人である。大した仕事はできないが、それでも雑木を伐り倒し、下草を鉈や鎌で刈り取っていくのである。真冬なので気温は低く寒さが身にこたえるが、体を動かすことですぐ暖まる。山の空気は澄んでいて気分爽快、ときどき小鳥のさえずりが聞こえてくる。ひよどりやかつては目白の群れなどが樹々を飛び交い、たまには山鳥や雉が足元から飛び立つこともあった。不気味なほど静かな山中で、自分が振るう道具の音だけが周りに響く。作業中はまったく無心である。私はこの境地が好きだ。加齢と共に作業は捗らないし、すぐに息があがってくる。しかし、無心に作業を続けるこの瞬間が何とも言えない。私は体力が続く限り山へ入って作業を続けたいと思う。息子たちは私の行為を全然理解できなくて、年老いて一人で山に入ってもし何か事故があったら誰も救出に行けないからと心配する。それゆえ、いつも山仕事に着手する前には必ず般若心経を唱えて身の安全を山の神に祈るのである。

私が持山の森林の維持管理に執着するのは他にも理由がある。亡父は檜の苗木一年物二万本を和歌山県の九度山の組合から購入し、三日市駅からリヤカーで家まで運び、人を雇って田圃に植えて育て、三年物を山に植樹した。昭和三十年代はエネルギー革命により、薪炭用の櫟山から杉や檜に植え替えしたのだった。その当時の苦労と情熱を知っているだけに、定年後、体力の許す限り山林を継承して維持管理してきたのである。私が相続してから三度目の間伐である。間伐には大阪府と河内長野市からの補助制度があり、それを活用しての実施であるが、材価が低廉化した現在、補助制度を利用してでも山作りに熱意を示す人は少ない。神が丘地区でも山作りに従事しているのは私だけである。変人のように思われているが、杉や檜に手を加え、その成長振りを眺めているのが何とも楽しい。手を加えてやれば素直に応えてすくすく太く成長していく。

私がこんなにも山作りにこだわる理由はもう一つ、亡父から聞かされた話がある。かつて当地も冬季には降雪が度々あった。植林して十数年後ぐらいまでの若木は積もった雪の重さで折れ曲がってしまい、成長しても材木には適さない。それで雪が降りだすと、簑と草鞋を身につけて山に入り、杉や檜に積もった雪を一本一本揺すって落として回った苦労話を聞かされた。簑といっても当世の合羽ではなく草を編んで作った簑である。雪の冷たさに耐えて杉や檜を保護して回った熱心さを聞かされると、そこまでして守り育ててきた山林である。往時の林家の気持ちを思うと、幾ら材価が低廉化して低迷していても放置できないのである。

かつて三〜四十年前、お正月に大神（おおみわ）神社へ初詣に出かけたとき、大和高田市から桜井市に至る県道の両側に大規模な製材所が幾つもあり、貯木場には、杉や檜の太い原木が山積みされていた。当時、河内長野市でも材木のセリ市が定期的に開かれ、製材所もたくさん存在した。それでも良質の材木は桜井市内のセリ市に運んだほうが高い値段がつき、運賃を差し引いても採算がとれるといわれていた。さすが吉野材のセリの本場だと感心させられた。ところが三〜四十年後の現在はどうだろう。かつての製材所はすべてスーパー、ゴルフの打ちっ放し場、駐車場その他に変貌してしまっている。この背景には、国産材が安価な輸入材に押され、さらに建築様式が変わって木材を大量に使用する伝統的な家屋の建築が激減したことがあり、それが材価の著しい低廉化をもたらした。その結果、かつて盛んだった吉野、熊野地方の山林の大地主でも倒産したり、山林の手入れを放置するような状況に立ち至ったのである。今や自分の持山の境界すら、子や孫の代になってわからなくなってきている。笑えない話を聞いたことがある。吉野地方でお爺さんが孫に持山の境界を教示すべく山に入ったところ、急坂を登って頂上付近でお爺さんが孫を待っているとなかなか登ってこない。業を煮やして家へ帰ってくると、孫が先に帰っていてビールを飲んでいたという。そして「爺やん、あんなしんどい所の山林は要らんで」と答えたという。この笑えぬ悲話を聞かされて、これが林家の置かれている現状かと思い知らされた。

全国的に山林の荒廃は国土保全上大きな問題となっており、さまざまな悪影響が生じている。水源涵養、山崩れ防止、炭酸ガス吸収、花粉症対策などの効用を維持するためにも、山林にもっと人手が入ることを期待する。川中、川下の人々も山林の恩恵を受けていることをもっと認識すべきである。その対策の一つとして環境税の問題がある。

こんな状況下、せめてわが家の少しばかりの山林だけでも良好な状態で維持したいと思っている。山林に魅力を感じない息子たちにも、先祖から継承した山林なので放置しないで後々まで維持していってほしい。木材の成長には長い年月を要する。短期間で結果を求めたがる現代人の思考からは、植林した杉や檜の世話は不向きかも知れない。しかし、木材は生きてきた年数だけ、柱や板として生き続けるという。コンクリートが発明されて一世紀しか経っていない。反して、寺社や古民家の木造家屋は何百年の生命を誇るのが常である。伊勢神宮や有名寺社でも長期の山林経営に取り組んでいると聞く。日本の国土に適した山林の適正な経営保持の在り方に、国を挙げて続けられることを願うものである。

高元檜林

# 富田林高等学校の恩師たち

私が府立富田林高等学校に入学したのは、昭和二十九年四月。その年に春日八郎の「お富さん」が大ヒットし、映画「ローマの休日」が封切られ話題が沸とうしたことを今でも印象深く思い出す。当時の校長は篠原文郎先生だった。大阪府高校野球連盟の会長をしておられ、藤井寺球場での予選では挨拶をし、優勝旗の返還と授与をしておられた。同窓会報の「菊水郷」に先生方の生い立ちの記が逐次掲載された。篠原先生は水戸の士族出身で、水戸中学から第一高等学校を受験して失敗、一浪後、仙台の第二高等学校から東京帝国大学に進んだと自己紹介しておられた。大学卒業後、旧制の富田林中学校に赴任され、一度も転勤することなく校長を長く勤めて定年退職されたのだった。水戸出身なので郷里に帰ることを思い立たれたのだが、卒業生が寄付を募って土地と建物を寄贈し、富田林市内にとどまっていただいたという美談が残っている。

先生は生活指導では厳しく、小柄なので時には飛びあがってでもゲンコツをくらわされたらしい。それで近所の富中出身者の話が忘れられない。先生は山岳部の顧問をしておられたので、夏休みに大峰登山を計画したとき、先生に誘いの声掛けをしたところ、同行すると返事され、一行でいわゆる〝山上参り〟をしたという。名物の「西ののぞき」に差しかかったとき、部員が先生の身体をロープで押し出して「今後いっさい生徒にゲンコツを振るわないか」と問いつめたという。その瞬間「今後いっさいしない、早くあげてくれ」と叫ばれたという。後年、同窓会で先生を招いたとき、大峰登山のことが話題になり、「あの時はひどいことをしてくれたな」といって笑い話になったという。関西地方では入営する前に胆力を養うために、一度は大峰山に登るのが通例とされており、私も五回登った経験があるが、「西ののぞき」ではさまざまな思い出がある。

教頭の足立健次郎先生は京都帝大の中国文学科の出身で、教務の傍ら漢文の講義を担当しておられた。有名な漢文は立ったままテキストを逆さに見おろして見事にすらすらと読まれるのには驚いた。そして有名な漢詩は暗誦するように勧められ、「延元陵上落花の風」を詩吟でうなってくださった。丹波の大江山の麓の出身で草鞋（わらじ）をはいて何里もの道を通学したと書いておられた。大学の夏休みに帰郷せずに『源氏物語』を読破することを思い立ち、食事以外はひたすら読み続け、二学期の九月に入って五十四帖を読了したと述懐しておられた。中国文学専攻の学生がこんなにも国文にも挑戦されたのを聞かされ、昔の学生は大変な勉強家だったのだと心底驚かされた。大学卒業の折、有名な内藤湖南先生に挨拶にいったとき、「大河の如くあれ」と餞（はなむ）けの言葉を下さったという。大河は清濁併せ飲んで然も清し、人間もかくあれとの激励だったという。先生は私の在学中に島上高校長に昇任され、後に茨木高等学校長で定年を迎えられたのだった。

　私たちの学年主任が越智誠一郎先生で、二年のときのクラス担任だった。愛媛県越智郡の出身で、松山中学、松山高校から東北帝大の英文科に進まれたのだった。英文学の大家である土居光知を慕って仙台まで行かれたという。大学卒業後しばらくは府立北野中学校に赴任、その後、富田林中学校に移られ、教頭から校長まで富田林高校で過ごされた。先生はかつては英語の虫のように猛勉強したという。一時間に原書を25～30ページ読破したと話された。あるとき、新制大学の英文科出身の教え子にあったとき、君ならどれくらい原書を読みこなせるかと尋ねると、せいぜい5～6ページですと謙遜したという。先生は生い立ちの記で、大学時代の友達の多くは大学教授などになっているのに、自分はABCの明け暮れだと述懐しておられた。先生は書物から得た知識が豊富で、イギリスの国情、ロンドンの街の様子、イギリス人の生活態度などを話してくださった。メアリー・ピックホードのことを話されたり、話題の映画「二十四の瞳」を英訳すれば〝Twelve pairs of Eyes〟になるだろうと話されたことを記憶する。

私は数学が大の苦手で、そのために大学入試に失敗し、浪人生活を余儀なくされたのだが、皮肉にも高等学校の担任が一年と三年が数学の先生だった。一年のときは京都大学を卒業したばかりの小野昭平先生だった。女生徒の前で話すときに頬を赤らめるぐらいの新人先生だった。二年は越智先生だったが、春休みに三年の担任がまたまた数学の亀田弘先生と知ったときは、これは大変だなと思ったのだった。しかし卒業後、長くクラス員との交流を続け、先生亡き後も奥様が私たちの先輩にあたることもあり、〝亀の子会〟として交流が続いていることを思うとき、人の絆とは不思議なものだとつくづく感じるのである。

亀田先生は体格も立派でスポーツマンだったが、戦前の全国中学校野球選手権大会に台湾代表として甲子園に出場したことを誇りにしておられた。台北第一中学の捕手兼四番バッターとして首位打者となり、後年、西鉄の第一期黄金時代の花形だった大下弘、関口清治選手らと同年輩だったが、彼らのほうが成績が下だったという。それで大下、関口は職業（プロ）野球へ進んだが、自分は頭が良かったから職業野球からも誘いがかかったがプロ野球には行かなかったという。戦後、旧制の大阪高等学校から大阪大学の理科に進まれたのだった。甲子園出場のことを知っていた篠原先生から、富高の野球部を指導してくれないかと声がかかり、数学の先生兼野球部顧問として富田林高校に赴任されたという。従って後年、篠原校長が亀田先生の結婚の仲人も務められたのだった。

亀田先生は人情に厚いというか、私たちの卒業式には男性ながらぽろぽろと涙を流して私たちを送り出してくださったことが忘れられない。M君などは奥様の前でも、「何故亀さんをみんなが慕うのだろうか」と不思議がるのである。だから卒業後、旧三Aのクラスは、亀の一字を頂き、子亀の意味を込め、「亀の子会」と愛称し、先生を囲んでクラス会のみならず、ウォーキングの会、ゴルフの会、カラオケの会など有志が集まり、長らく親交を深めてきた。

富田林高等学校の思い出は尽きないが、この辺にしたい。私はその縁で同窓会の役員を務めさせていただいている。

大阪府立富田林高校　創立70周年記念式典

# 七期栄会(なきえ)の集い

私は、過疎化の影響で昭和四十八年に廃校になった旧川上村立中学校（昭和二十九年以降河内長野市立川上中学校）の第七期卒業生である。卒業後、同窓会の愛称を「七期栄会」と定め、現在まで交友が続いている。旧村内の楠郷小学校・錦川小学校とも昭和五十九年に過疎化で廃校になってしまったが、在校当時、楠郷出身二十五名、錦川出身十二名の計三十七名が在籍していた。担任は村内の神が丘出身の横山めりい先生（後に吉川姓）で、持ち上がりのため三年間同じだった。吉川先生は、私の母や同級生の西田弘君の母とは大正七年生まれの同年齢で、神が丘地区在住として親しく交流を続けていた。担任の先生と教え子の母というきっかけで知り合ったのが最初で（母と西田君の母は他地域から嫁いできた仲だった）、私たちが卒業後も三人が亡くなるまで親しく交流を続け、近隣からはうらやまれるほどの仲だった。だから私などは、「私には二人の母がある。一人は実母であり、もう一人は担任だった吉川めりい先生だ」と公言してはばからなかった。

私たちが中学校に入学した昭和二十六年の春のことだった。春の遠足で宇治の平等院から宇治川発電所を見学したとき、横山先生から私の母と西田君の母に同行しないかと誘いがあり、二人は同行したのだった。これがきっかけとなり、夏の林間学舎（二泊三日）など、三年の金比羅神社から屋島の古戦場、栗林公園などへの修学旅行までずっと同行したのだった。私の母は後年述懐していた。義母さんも子供の教育には理解があり、心良く出してくれたのでお前と一緒に様々な場所へ出向くことができたと。

思えば、現在なら公私混同だと批判され、教育委員会も決して認めないはずのところ、担任の提案に対し校長の板倉滋先生が承認し、簡単に父兄同伴が許されたのだった。だから修学旅行のアルバムにも母たちが一緒に映っている。その当時、私は「君は甘えん坊だからお母さんについてきてもらっているんだろう」とひやかされ、若干肩身の狭い思いをしていたのだった。

私たちの在学当時は高等学校への進学率も低く、半数に満たないくらいだった。だから三年になると、進学組と就職組に分かれ、進学組は担任を中心に高校入試の補習授業が実施され、就職組は別の先生から就職の指導を受け、各社へ就職斡旋などの世話をしていただいていた。

中学卒業後も、私たちのクラスは連帯感が強く、幹事を中心にずっと連絡をとりあって、現在に至るまで交わってきた。同級生に不幸があれば、両親や配偶者の死去、さらには本人の死去に際し、必ず連絡をとりあって、通夜、告別式に参列してきた。さらに本人が入院したりすれば病気見舞いも欠かさなかった。

在学中の思い出はたくさんあるが、観心寺境内が準校庭のようなものだったので、観心寺の思い出は尽きない。図画の時間などは、境内が遊び場のようなもので、写生に行ってきますと言って広い境内に散っていった。今は柵で囲ってある楠公建掛塔（重要文化財）の縁側に腰をかけ、本堂の写生を楽しんだ。先代の永島行善住職が回ってこられ、「君たち、大切な建物だからパレットの水などをこぼして汚さないように」と厳しく注意されたものである。その隣に鐘楼があり、当時は弟子が必ず正午に鐘をついていた。ある時生徒の一人が、「僕につかせてほしい」と頼み、代わりに鐘をついたこともあった。教室へ帰ってきて「さっきの鐘は僕がついていたのだ」と得意気に話したのだった。

田舎の小規模校だったので、学校に講堂がなく、観心寺の恩賜講堂を借りて学芸会や映画上映会、講演会などが開催された。恩賜講堂とは、昭和三年に昭和天皇の御大典（即位式）が執り行われたとき、京都御所に新築された建物が、終了後三分割され、その主要建物が楠木正成ゆかりの観心寺に下賜されたもので、一旦解体して貨車で長野駅まで運び、長野駅から伊勢神宮のおきびきのように白布のロープで昇條坂の坂道を引っぱり、観心寺の現在地に再建された由緒ある建物である。こんな立派な建物を借りて、舞台の回りに太い針金で幔幕（まんまく）をめぐらせ、臨時の

観心寺恩賜講堂

舞台装置を作って演劇や音楽会などが行われたのだった。学芸会のほか敬老会の集い、楠公祭の催し、映画上映会、講演会などが催された。映画会では三益愛子主演の涙の母ものが思い出に残っており、講演会では講師が「ここは楠木正成ゆかりの場所なので、まずあの歌を歌いましょう」と言われ、会場全体で「青葉茂れる桜井の里の辺りの夕まぐれ……」と斉唱したことが忘れられない。

恩賜講堂の催しで忘れられないことがある。ずっと時代が下って、昔のように再々講堂が開放されなくなった平成の頃のことである。河内長野市主催の特別講演で、〝吉野の仙人〟とも言われた歌人の前登志夫氏が、観心寺と楠木正成について話されたのだった。氏のレジメはメモの如く簡潔なものだったが、講演の中で、こんな話をされた。足利尊氏が一番恐れたのは、敵将の新田義貞ではなく楠木正成だった。彼の知力、胆力を熟知していたからで、あるとき正成に書を送って、日本国を二分して二人で統治しないかと申し出たという。つまり、自分は日本国の東半分を治めるから、あなたは西日本を治めないかという提案だった。しかし、正成は出自からして尊氏のような立場にはなく、後醍醐天皇に殉じると断ったという。私はその出典を詳らか(つまび)にはしないが、楠木正成の器の大きさを改めて知らされた思いだった。

私たちは卒業後間もない頃、観心寺住職の配慮で恩賜講堂内で一泊の同窓会(クラス)を催し、翌日は母校の教室に集って楽しく過ごしたこともあった。

卒業後は、持ち回りの幹事の世話により、働き盛りの時期も毎年のようにクラス会を催してきた。六十代になって第二の人生に入り時間に余裕が出てくると、必ず年に一度はクラス会を開催し、その他にも一泊の旅行にも出かけた。クラス会には存命の恩師を必ず招待した。最初は校長の板倉滋先生、家庭科の福田豊子先生、中谷幸雄・吉川めりいの両先生の四人だったが、その後、時の経過の中で、福田先生、次いで板倉先生が亡くなられ、最後は、中谷・吉川両先生を九十歳までお招きした。九十歳のとき、両

レジュメとして

観心寺の魅力

山の民の文化

日本の歴史上、最も敬愛する人間像、
楠正成を育てたこの名刹を拠点として、
南河内の風土、金剛山のふもとの不思議
な文化の伝統を考え、散策してみたい。

前　登志夫

前　登志夫氏直筆原稿

先生から私たちも年を取ったので今回でお招きは最後にしたいと挨拶され、それが最後となった。しかし、恩師亡き後も私たちは毎年クラス会を催し、現在も続いている。さらに時間に都合がつく者が連絡をとりあって随時会食に出かけ、その後はカラオケを楽しむという交友を続けてきた。加齢とともにだんだん参加者が少なくなっていくのは淋しいが致し方ない。ただ昨年来、新型コロナウイルスの感染拡大により、クラス会が開催できないのが本当に辛い。一日も早く以前のように気楽にみんなが集える時が来ることを願っている。

中学校も両小学校も過疎化の影響により廃校になってしまったが、私たちの集いはずっと続いている。終戦後の昭和から平成を経て令和の時代となり、私たちを取り巻く環境は大きく変化したが、私たちの育った南河内の山河はほとんど変化していない。人情豊かな地域と豊かな自然の中で交流を続け、人生を終えたいと思っている。

# 河内長野市の僻地

河内長野市内の滝畑地区と石見川地区は、長野の町からどちらも三里（12キロ）も離れた僻地だと、祖母からよく聞かされていた。

滝畑地区は平家の残党が逃れ住んだと伝えられるほどで、周辺地域とも隔絶された陸の孤島のような土地だった。だから独特の習俗や言葉、家屋の建て方など住民の生活スタイルが残っており、明治以降、民俗学的調査が実施されたこともあった。有名な民俗学者の宮本常一先生の調査報告書も残されている。さらに市の教育委員会が編集した「滝畑の民話」も残っている。

時代が下って昭和四十年代に入り、紆余曲折を経て滝畑ダムが建設されることになったが、合意に至るまでには地域住民と井上喜代一市長との間で、血のにじむような話し合いがあった。滝畑地区の集落への井上市長の思いは強く、思い出の著書と共に趣味の絵画で集落のたたずまいを多数のスケッチとして残され、そのうちの一点が図書館に飾られている。ダムに沈むことになった集落の中から典型的な民家（梶谷家住宅）が山上の展望台の一角に移築され、記念として残された。

滝畑ダムが完成し、この複合ダムから市内高所の住宅地に水道水が供給されるようになって、市の様相もかなり変貌した。地域への道路も整備され、河内長野駅からダム周辺まで約三十分で到達できる便利な地域となり、水源地のダム湖へ流入する集落の家庭下水も水洗処理されるようになった。今ではダム湖周辺のさまざまな種類の草木が四季を通じて色彩豊かに変容し、この自然を満喫するためにドライバー、写真家はじめ家族連れ等が観光客として訪れ、年間を通じて賑わっている。

滝畑地区は岩湧山の西麓に位置し、標高が高いので、割合い容易に山頂まで登ることができ、山頂付近のすすき（萱）の刈り取り作業が文化庁から地区に委託されている。当地の刈り取られた萱は茎（くき）が長くて良質なため、寺社の萱葺き材料として重宝がられている。先年、観心寺の楠公建掛塔（重文指定）の三十年振りの屋根の葺き替えにも、この地の萱が用いられたのだった。

ダム湖の奥には光滝寺と、四十八滝と称される瀑布が数条かかっている。光滝寺は融通念仏宗派の寺院だが、一時期、槙尾山の施福寺（天台宗）の末寺となったこともあった。光滝、大滝、御光滝などの滝は格好の緑陰を提供し、この地を訪れる人の一服の清涼剤ともなっている。

石見川地区も滝畑地区と同様、長野の都心から遠く離れていた。石見川と滝畑の両古老から聞いたのだが、両地区とも地域で祭りや住民の集いなど人寄りがある時には、長野の町へ物品の仕入れなどの買い物に出かけるのではなく、滝畑地区では山道を峠へ登っていき、堀越観音のある場所から坂を下って紀の川沿いの葛城町へ行って用

滝畑ダム上流

を足したそうである。石見川地区でもまったく同じで、峠を越えて奈良県五條市へ出、買い物をしたり、二次会の飲みに出かけたと聞かされた。

石見川地区は滝畑地区よりは展けていて、幕末には天誅組の一団が街道を抜けていった集落だった。天誅組は、中山忠光卿を奉じて徳川幕府の転覆を目ざし、五条の代官屋敷を襲撃して倒壊させたが、急遽中央で方針が転換され、天誅組は逆賊として厳しく罰せられたのだった。石見川地区からへアピンカーブを上昇し、峠付近では行者杉の横を通って五條市へと下っていく。今では交通事情が改善され、滝畑地区同様、河内長野から三〜四十分で着く地域へと変わっているが、過疎化の波には抗し難く人口の減少に見舞われている。ただ、石見川地区には天然の良質な水が湧き、これを求めて遠くから人が集まってくる。

大阪府と奈良県の間には生駒金剛山脈が横たわり、河内・和泉と紀州の間には和泉山脈が横たわっている。この山脈を越えて古来、人と文物の往来があり、数々の苦難の出来事も出来（しゅったい）してきている。特に河内と大和の間には、遠く飛鳥の時代から峠を越えて官道が通じており、人と文物・情報の往来が続いてきた。生駒から南へ峠越えの数々のルートが残されているが、戦後も昭和三十年代以降、峠の下をトンネルでぶち抜く構想があり、高度成長期になって計画の具体化が進み始めた。

中でもその実現に一番熱心だったのは、奈良県選出の故奥野誠亮代議士だった。無派閥ながら田中派に近く政権での要職を占められたが、地元郷里のトンネルの実現のために奔走された。北から竹内・水越・金剛の三つのトンネルが計画目標とされ、手始めに奥野氏の郷里に近い水越トンネルが着手された。金剛山と葛城山のくびれた水越峠の下をくぐるトンネルが実現し、青崩（あおげ）から名柄の集落へはあっという間に通過するようになった。

次いで竹内トンネルが開通し、南阪奈道路が通じていて、私など大神（おおみわ）神社への初詣などには重宝しているのである。最後に残ったのは金剛トンネルだったが、一番距離が長く予算が膨大で、時代が安定停滞期に入り、国の財政事情も厳しくなり、経済情勢も変わってきて、実現は不可能となってしまった。金剛トンネルは早くから構想され、国道一〇九号線を拡幅整備して、河内長野から五条を越えて新宮までつなぐ壮大な計画が立てられたこともあったが、今では幻のトンネルとなってしまった。

南阪奈道路を走るたびに若干の感慨をもよおすのである。竹内トンネルの開通式には橋上市長の代理として現場に参列している。発破で大阪府側と奈良県側が開通した瞬間、奥野代議士と竹本直一代議士が固く握手された光景を感激した面持で見つめていた。祝賀の席上、奥野代議士が古く奈良時代には官道第一号が通じていたが、今この地に平成の国道一号を走らせるのだと力強く宣言された光景が忘れられない。

その後、南阪奈道路の開通式の前日に、道路を開放して一日ウォーキングの催しがもたれた。私は高校の同級生のH君とT君の三人でこの催しに参加し、太子インターから竹内トンネルを通って葛城インターまで歩いたのだった。自動車が走るようになると、二度と歩けないので印象深いウォーキングだった。葛城インターからは最寄りの鉄道駅まで主催者が用意したバスを利用したのだったが、歩行者が多くバスを待つお客でごった返していた。そのとき、歩行者を誘導整理する一団の中に、福谷剛蔵羽曳野市長の姿を発見したことだった。顔見知りだったので、お礼の挨拶をかわしたのだったが、私自身、内心若干の後ろめたさを覚えたのは否定できない。

# 南河内への思い

私は何故、河内にこだわるのだろうか。河内といっても、北・中・南に分かれていて、微妙に人間の気質とか土地柄に差違が感じられる。北河内は四条畷市・大東市・寝屋川市などであり、中河内は東大阪市と八尾市であり、南河内は大和川以南の地域である。私は南河内に生まれ育ったので南河内のことには詳しいが、歴史的に一番早く開けた中河内の特徴を指して河内の典型と考えがちである。河内音頭の発祥地であり、作家の今東光氏が八尾市に住んで、天台院を中心に朝吉親分に代表される一見野卑な言葉遣いと軍鶏の闘いなどの風俗を描いたことが有名になり、それが河内の典型だと考えられてしまいがちである。しかし、北・中・南河内で微妙な差違があることは否定できない。河内の歴史上の英雄をあげるならば、中河内では奈良時代の僧、弓削道鏡であるが、南河内は何といっても楠木正成である。道鏡についても評価が定まっていない部分もあるが、楠木正成ほど戦前と戦後で評価が変わった人物も珍しい。しかし、南河内の人々の精神構造の根底の一部には今なお楠公精神が脈打っていると思いたい。

もう一つあまり知られていないが、武士の棟梁として武家社会（封建制度）を確立した源頼朝が、源満仲の子孫に始まる「河内源氏」から発していることである。羽曳野市内に源義仲・頼義・義家の三代墓と、源氏の氏神である壺井神社が存在する。平治の乱で源平の争いに敗れて処刑された源義朝から四代目が頼朝であり、室町幕府を開いた足利尊氏も河内源氏の末裔にあたるのである。これを思うとき、私たちは河内源氏のことをもっと意識しても良いのではなかろうか。

私は、山城・大和・摂津・河内・和泉（いわゆる摂河泉）の五ヵ国いわゆる「五畿内」が奈良時代から平安時代の日本の政治、経済、文化の中心を形成してきたことを強く意識する。その周辺に位置する近江・伊賀・伊勢・紀伊・播磨・丹波・但馬などが、五畿内に近接する〝近畿地方〟として様々に歴史的にかかわってきた。それ以外の地域は、鎌倉時代以降まではどちらかといえば政治の中心から外れていたといってよい。だからこそ〝摂河泉〟の一部を構成する「河内」に愛着を覚え、こだわるのである。

それゆえ自動車の登録免許に、大阪・なにわ(浪華)・摂津堺・和泉があるのに河内が欠け、河内地方の自動車がすべて〝和泉〟となっていることに若干物足りなさを覚えるのである。もう一点、南海高野線の「大阪狭山駅」にも違和感を禁じ得ない。私が子供の頃は駅近くの集落の名称「半田」に因んで「河内半田」となっていたが、狭山遊園地が開設されると「狭山遊園前」になり、長く使われてきた。しかし、狭山遊園地が閉鎖されると、時の吉川市長がリードして市の名称も「大阪狭山市」となり、駅名も「大阪狭山駅」と変えられた。その理由とするところは、河内はださい、お茶の産地である埼玉県の狭山市と区別するためだったと言われている。しかし、大阪は国の名称ではない、浪速か摂津のほうが歴史的に由緒ある地名である。私は「河内狭山」にすべきで、河内に誇りと自信を持ってほしかったと思うのである。

「狭山」は狭山池に因んでいるのだが、狭山池は日本最古の大規模築造池であり、これは奈良時代の傑僧であり、土木事業の専門家でもあった僧、行基の築造になるのである。行基の生誕地は堺の家原(えばら)寺であり、現在は道明寺天満宮や学文路(かむろ)のお大師さんと並び、受験生の信仰のメッカとして繁昌している。狭山池は昭和二十年代の一時期競艇場として使用されたことがあり、その後すぐに大阪市住吉区の現在地に移転したのだった。私の同級生の一人が小六か中一の頃、大人に連れられて狭山池へモーターボートを見に行ったと話していたことを思い出す。

　南河内地方には歴史的に由緒ある史跡がたくさん存在する。拙著でも触れたかった場所として、日本武尊（やまとたけるのみこと）の霊が白鳥となって飛来したと伝わるのが古市（羽曳野市）の〝白鳥〟であり、有力氏族ながら悲運の菅原道真にゆかりのある道明寺天満宮や誉田八幡宮・西国五番札所葛井（ふじい）寺などの名所史跡が存在し、歴史的に古くから開けた河内の地は目が離せないのである。

# 人生散歩道

# 大阪市時代の思い出

## (1) 庄野 至氏のこと

新聞の死亡広告で、庄野至氏が亡くなられたことを知った。英二、潤三、至の大阪が生んだ有名な庄野三兄弟の末弟である。かつて一家は大阪の帝塚山に住んでおられ、帝塚山学院の創立家であり、英二氏は大阪市教育委員も務められ、大阪市とも関係が深かった。藤沢家一族などとともに、古き良き時代の大阪を代表する象徴的な存在の一つであった。今や大阪市内には、藤沢家、庄野家はじめ富士正晴・田辺聖子・河野多恵子のような文化人や江戸時代からの町衆に続く経済人（商人）などが住むことも少なくなり、大阪の街が衰退したことをつくづく感じさせる。とりわけ橋下維新の登場により、大阪の伝統的な良さが失われ、文化の香りが乏しくなった感じを受ける。先年、大阪市内在住の友人の案内で上町台地を散策したとき、以前あった庄野家ゆかりのサロンも消失していた。

今、私の手許に、至氏の著書『私の思い出ホテル』(編集工房ノア刊)があり、偶然にも再読中だった。私は四十年前、一度だけ至氏の面識を得たのだった。それは故服部良一氏の叙勲祝賀会でのことである。

昭和の作曲家で数々の名曲を残された服部良一氏が生前叙勲を受けられたとき、大阪出身で〝いづも屋〟の音楽団から出発された縁で、当時の大島靖市長の呼びかけで、放送業界(NHK、テレビ・ラジオ各社)が実行委員会を結成し、祝賀会を開催した。当時、NHKと放送各社は競争関係にあり、一緒に仕事をすることは稀有とされていたが、大阪市長の呼びかけで実現したのだった。NHK、テレビ各社、ラジオ大阪の制作局長と大阪市の広報課長が中心となって、祝賀会の企画・準備が進められ、会場は今は廃業となった福島のホテルプラザだった。私は広報課長の下で係長としてお手伝いしたのだった。

祝賀会当日は、服部良一氏と関係の深い淡谷のり子・二葉あき子・霧島昇などの歌手がノーギャラで出演され、二葉あき子氏などは、私が今日あるのは服部先生のお陰だと話されたことを記憶する。みんな服部メロディーを熱唱され、服部氏の指揮する女声合唱団も出演した。主催者側も、大阪市の市長・三助役並びに読売テレビの青山社長などが夫人同伴で出席されるという盛大なものだった。服部氏も感謝され、終演後、裏方の関係者に一族を紹介され（子息の克久氏は当時パリの高等音楽院に留学中だった）、こんなにしていただいて、今は大阪を離れているが、私に大阪市にできることがあれば何でも申し出てほしいと話されたことを記憶する。このことが縁で、後年良一氏が亡くなられたとき、克久氏がプロデュースされ、追悼の服部メロディー・コンサートが大阪城ホールで開催されたのだった。

祝賀会が成功裡に終わったので、後日、実行委員会で反省会を兼ねた打ち上げ式が催された。そのときの幹事役が庄野至氏で、千里丘の毎日放送会館に集まり、新設された施設見学の後、懇親会となった。至氏は知性派の温厚な紳士の印象が残っている。その後、至氏は放送会社の一線を退かれ、お兄さん方の後を襲って文筆の道に進まれたのだった。私は『思い出ホテル』ほかを買い求めて読んだのだった。『思い出ホテル』では、至氏の思い出として印象に残る体験が、深い感情移入を避けて、氏の人柄を反映したかのような筆致で物語られていた。中でもノルウェーのベルゲンの旅は、私も仕事で訪れたことがあり、あのときの思い出が重なり印象深かった。至氏の訃報に接し、感慨を覚えるとともに、氏の安らかなお眠りを祈るのみである。

＊本稿は、総合詩誌「ＰＯ」１６８号（平成三十年二月発刊）からの再掲である。

## ⑵「町いきいき」キャンペーン

山崎正和氏の訃報が報じられたのは、令和二年八月二十一日のことだった。またまた知の巨人が一人、この世を去ったことに感慨一入（ひとしお）のものがあった。そうは言っても私は山崎氏とのかかわりはほとんどないし、氏の業績を語れる能力もない。私は昭和三十年代半ばから大阪労演（大阪勤労者演劇協会）の会員として、毎月一回の観劇を楽しんでいた。山崎氏は「世阿弥」の脚本家として颯爽とデビューされ、俳優座の千田是也氏の演出主演で初公演された。今となっては劇の内容も忘失してしまったが、山崎氏が新進の劇作家の印象が深かった。労演会員の縁で観劇の感想を機関誌に投稿し、「私の劇評」として何度か掲載された。原稿料の代わりに出演者のサイン入りのスチール写真を頂いたので、私の手許には何枚かの写真が残っている。宇野重吉・滝沢修・清水将夫・細川ちか子・吉行和子・杉村春子・本山可久子・渡辺美佐子・大塚美智子・山岡久乃・永井達雄・井川比佐志などである。今ではほとんどの方が鬼籍に入られたので、かつて新劇が盛んだった頃の貴重な資料でもある。

その後十年近く経った昭和五十一年に、大島市長の肝いりで大阪市広報課が「町いきいき」キャンペーンを展開したとき、リーフレットを作成して各方面に配布することとした。リーフレットは広報課の職員（豊田耀子）がデザインし、司馬遼太郎氏と山崎正和氏の提言を載せることにした。「町いきいき」キャンペーンは、世論調査での大阪の街の印象が雑然としている・落ち着きがない・街に品格が感じられないなど否定的な答えが多いことを受け、何とかこのような印象を少しでも払拭したいとの思いからだった。大阪市の歴史を再発見し、街路や水辺の景観を美しくして街の風格を少しでも良くしたいとの思いから、市はソフト面で様々な取り組みを展開した。上町丘陵を南から大阪城まで辿りながら散策するための「歴史の散歩道」を整備し、大阪再発見の視点から口縄坂等の写真をポスターにしたり、吸い殻のポイ捨て禁止を呼びかけるポスターを作成し、マスコミ出身の井上 宏関西大学教授を座長に公開シンポジウムを開催したり、「秋間千代子のいきいきレポート」を毎週一回ラジオ大阪から放送したりした。

リーフレットに載せる提言については、司馬氏には大阪商工会議所の機関誌「チェンバー」に講演録が掲載されていて発言内容が的確なので、その中から引用したいと考えた。大商の調査役から、司馬氏は奥様（福田姓）がマネージャー役を務めておられ、氏は夜に執筆されるので、夕方六時から八時までの間に連絡をとるようにとアドバイスしていただいた。それで広報課の主幹から勤務時間外に電話して、市の企画の趣旨を申しあげたところ、司馬氏は「『チェンバー』は私の発言をきっちりそのまま掲載されていないので、それを転載するのは困る、忙しいので新たに文章を書くのもお断りする」との返事で、市としても困ってしまった。主幹が行政のことなので何とかご協力をお願いしたいと食いさがったところ、「それなら一度原稿を送っていただき、私が目を通して良ければ添削して送り返す」と妥協してくださった。私が書いた原稿を送り届け、目を通していただいて了承いただいたことを記憶する。

一方、山崎氏には係長の私からお宅に電話することになった。奥様が電話口に出られ、「主人は今アメリカに行っております。○月△日に帰国致しますので、△日の九時頃に電話してください」との返事だった。それで約束の日に電話して用件を申し入れると、「忙しいので自分で原稿を書けないが、考えておくので午後三時に再度電話してください」との返事を頂いた。約束の時間に電話すると「ゆっくり話しますから、メモを取ってください。それを清書して送ってくだされば、チェックさせていただきます」ということになり、私がメモを取った。氏はすらすらと文章になる言葉を発せられ、さすがだと感心しながらメモを取ったことを覚えている。添削のうえOKを頂いたのだった。後日わずか一万円の謝礼を持参して東淀川区のマンションにお邪魔し、奥様にお目にかかった。私が「世阿弥」の新劇のことを話すと、「宅は今、留守にしておりますが、時間の空いているときにお訪ねくださいさい」とリップサービスされたことを思い出す。

その後、山崎氏は大阪大学の教授から東亜大学の学長などを歴任され、新聞や雑誌に健筆を振るってこられた。私は『不機嫌の時代』などの著書や新聞の掲載文を興味深く読んだものである。

あれから四十年が経過した現在、かつて大阪市が「町いきいき」キャンペーンを展開したことを知っている人は少ない。あれ以来、何度も上町台地から大阪城を散策したが、今では「歴史の散歩道」のことも忘れられ、路面にレンガで独特のマークを指示しているのも補修が行き届かず、市としてのキャンペーンの取り組みも忘れ去られていることに、今昔の念を感じつつも残念に思うのである。

大阪は商業の町であり、お金儲け優先の気風が古くから強い。反面、文化や芸術、学者や文化人を軽視する気風が濃厚だった。これを改善するための施策等に歴代の市長は投資をしてきた。ところが、橋下維新が登場以来、すぐに価値を生み出さないものに投資するのは無駄だと、伝統的な価値観を否定し、その結果として、大阪の町は文化や芸術を軽視し、ひからびた印象の町にしてしまった。このことを憂えるのは私だけではあるまい。

# 季語「川床（ゆか）」への思い

『合本俳句歳時記』（角川書店編）によれば、「涼をとるために川に突き出して造られた桟敷。京都鴨川沿いの茶屋・料亭では『ゆか』と呼び、江戸時代から納涼で賑わった。現在二条～五条の鴨川西岸沿いの禊川（みそぎがわ）に設けられ、祇園祭や大文字の頃は特に賑わう。京都貴船の川床は木々の緑が美しく、涼しさも格別である」と説明されている。

私が現役だった頃は、職場には厚生会が結成されていた。私が所属したのは市長室・市民生活局厚生会で、厚生会事業は職員の積立金と使用者側の処出金で賄われていた。或る年の夏の厚生会行事は鴨川沿いの川床料理に決まった。予定された日は職場では残業をしないように前もって調整し、退庁時の午後五時十五分には一斉に仕事を終え、職場を片付けて淀屋橋から京阪電車に乗り京都へ向かった。四条駅で降車し、橋を渡って鴨川沿いの茶屋に入り、川に張り出してしつらえた桟敷に案内された。まだ夕陽が沈む直前で西の空が橙色に燃えていた。梅雨が明けたばかりの七月の盛夏なので暑気は強く、納涼とはいかなかった。とりわけ京都は盆地なので、夏場は気温が高く蒸し暑かった。しかし、鴨川に張り出した桟敷なので、川面をわたる夕風が少し暑気を払ってくれた。

六時三十分頃から厚生会会長の挨拶があって宴会が始まった。参加者は車座に座って運ばれてくる料理に舌鼓をうった。夏場の涼し気な料理が用意されていた。思い思いにお酒も入り座がなごやかになると、誰からともなく歌などの隠し芸が披露されるようになり、雰囲気は盛り上がった。お酒も料理も消化し一息入れる頃になると、予定の八時半頃になり、幹事の締めの挨拶で宴会はお開きとなった。

桟敷を後にし、再び京阪電車で大阪方面に帰ることになった。帰路は、京都市内や京阪沿線から通勤している者にとっては早く帰り着けたが、私のように河内長野市内から通勤している者は、京阪、地下鉄、南海高野線と乗り継いで帰らなければならず、家に帰り着いたときには午後十一時近くなっていた。それでも楽しい夏のひとときだった。

## 暮れなずむ加茂の川風川床料理

その時の感想を俳句に詠み「読売俳壇」の森 澄雄氏に選んでいただいたのだった。昨今は厚生会事業も積立による懇親旅行も廃止されたと聞くが、かつて私が勤めていた頃の職場にはゆとりというか潤いがあり、楽しく仕事ができて恵まれていたと今にして思うのである。

川床料理は鴨川の桟敷の他に、貴船の川床料理もある。貴船も三度ばかり訪れたことがある。貴船から鞍馬の山中を登り、鞍馬寺へ参拝して参道を下り、鞍馬温泉に入浴して帰ったり、反対に鞍馬寺に参詣してから山中を下って貴船へ出、神社に参拝して帰ったり、納涼のため川床料理を楽しんだりした。

京阪電車から叡山電車に乗り換え、貴船口駅で降りて1キロばかり貴船川沿いに周囲の景色を愛でながら歩き、やがて貴船の集落に着いた。朱塗りの柱の間の石段を登る。100メートルばかり登ると神社の境内に着く。銀杏の大木がそびえていた。貴船神社は水の神様である。拝殿に参拝した後、水の神を祀る湧水池のほうへ回る。参拝を終えて川沿いに街道を歩いた。山手の側に茶屋や料亭が建ち並び、道路の反対側は貴船川に渡した床（桟敷）が続いていた。谷川の岸辺には楓の木立が茂り、屋根のように桟敷を覆って格好の緑陰を形成していた。夏季こそ涼しさを醸し出し、旅情をなぐさめてくれた。川のせせらぎが涼しさを一層際立たせ、ときどき小鳥のさえずりが響き、川風が谷筋を吹き抜けた。まさに納涼の川床だった。運ばれてくる季節の料理に舌鼓みをうちながら、涼味を満喫したのだった。

舌鼓み川瀬も馳走か貴船川床

# 旧三商大及び関法連対抗討論会の思い出

大阪市立大学と府立大が合併させられようとしているのが卒業生として辛い。私が入学した三十年代前半は、旧三商大（一橋大・神戸大・大阪市大）の名残が強く、文化系及び体育系の対抗戦が定期的に活発に開催されていた。私の思い出は、三大学対抗の討論会の思い出である。

昭和三十五年度は市大が当番校だった。私の所属した行政法ゼミは四回生が辞退したので、三回生の松宮善之、彦田紀行、伏谷勝博の三人が公法部門に出場することになった。

昭和三十五年は岸内閣が日米安保条約の改訂を志し、それが国論を二分するばかりの騒動となっていた。当番校のゼミ教授が出題し、討論会で講評することになっていて、黒田了一教授（後に大阪府知事）が条約改訂に関する問題を出題されたのだった。

当日は黒田教授の出席がかなわず、助手の斎藤文男先生（後に九大教授）が講評してくださった。

討論会終了後は出席者全員が学生食堂に集まり、懇親会を催した。教授も数名が参加して歓迎された。一番の思い出は、経済学部の名和統一教授がローレライをドイツ語で歌われ、終宴後、食堂の入り口で一橋と神戸の学生一人ひとりと握手して見送られたことだった。

出場経験が縁で、商経学部の数人と事務局を担当することになった。翌年は神戸大学が当番校だった。私たち三人は神戸の討論会にも参加した。行政法の山田幸雄教授が講評してくださり、懇親会にも出席してくださった。ここでの思い出は、事務局の学生に促されて古林喜楽・経営学部教授（前・神戸大学長）が、食堂のテーブルにのぼって扇子をかざしながら三橋美智也の「古城」を歌われたことだった。その見事さに会場の出席者は皆感動させられた。件（くだん）の学生が言うには、古林喜楽先生は三宮辺りの飲み屋では「歌傑」として有名だったとのこと。古き良き時代の懐かしい思い出である。

もう一つ関法連の討論会がある。

当時、関西学生法学部連合は京大・阪大・神戸大・大阪市大の国公立四校と関・関・同・立・近大の私学五校で構成されていた。当番校は持ち回りで、年三回程度、討論会が開催され当番校の教授が出題、他校や法曹界から三人ほどが審査に当たっておられた。出場者は一人で出題に対する自らの論述を展開、会場からの質問を受けて討論する形式が採られ、核心を突いた質問者には「質問賞」が与えられた。

その頃の雰囲気として、私学の連中には、京大には一目置くとしても、それ以外の国公立何するものぞという気概が溢れており、だから会場には司法試験を受験する学生グループが他校の発表者に論戦を挑むという雰囲気が強く、熱気に溢れていた。

昭和三十六年秋は立命館大学で開催され、私たち三人はここにも参加し、松宮善之君が代表で発表に立った。結果は京大生が優勝し、松宮善之君が二位に入賞した。当の松宮君が昨年秋に物故されたのは、一緒に頑張ったゼミ生として彦田君と共に残念に思うのである。遠い日の懐かしい思い出である。

＊本稿は、市大の同窓会誌「有恒」（令和三年一月発刊）に掲載されたものに一部加筆訂正したものである。

# 南海ホークスの思い出

大阪難波球場跡のなんばパークスビルの一角にある南海ホークスの展示ホールを訪ねた。ニュースで野村克也氏の展示が加わり、展示ホールが改修されたことが報じられたから。子供の頃からホークスのファンであった私は、以前に何度もここを訪ね、往時を思い出して楽しんでいた。ただ、最大の功労者ともいうべき野村克也氏の展示が欠けているのが、画竜点睛を欠く感を禁じ得なかった。野村氏と南海球団との軋轢（あつれき）が原因だったことは仄聞（そくぶん）していたし、それが悲しい両者の決別の原因となっていた。ところが、軋轢の原因の中心だった野村沙知代氏が先年亡くなり、次いで野村克也氏本人が没した後に、野村監督に指導を受けた江本孟紀（たけのり）氏の骨折りで、展示が改修され、野村氏の写真と遺品が加わった。江本氏の呼びかけが誘い水となり、四千二百万円余りの寄付金が集まり、今回の改修となったのだった。

昭和六十二年（一九八八）に南海電鉄㈱が球団を身売りし、福岡ダイエー・ホークスからソフトバンク・ホークスとなっても、ファン気質はそう簡単に変わるものではないらしい。会場には、往年の南海ホークス・ファンが次々に来場し、ひいき選手の写真を前にして思い出を語っていた。その中では私が一番年長者らしかった。ついおしゃべりしたくなった。私は八十二歳だが、小学生の頃からのファンで、昭和二十六年二月に中百舌鳥球場のスプリング・キャンプに行ったとき以来の思い出を話してしまった。南海電車に乗ることと、外野手の堀井数男選手が三日市在住だったことから、自然に南海ファンになったのだった。一リーグ時代から〝百万ドルの内野〟が売り物で、二リーグに分かれてからは、パ・リーグでは西鉄ライオンズと常に覇を競っていて、日本選手権ではパの代表として巨人軍に敗けてばかりだった。

展示会場のスペースがあまり広くないため、野村氏の写真と遺品を飾ることで、以前展示されていた選手の何人かが省かれていた。来場者が次第に若い世代になることから、戦後第一期の名選手が外されたのが私には少し淋しかった。例えば〝門鉄の赤鬼〟から南海の強肩俊足の名ショートの木塚忠助、捕手の筒井や松井、ドロップの中原、外野手の笠原や堀井など。

昭和二十六年二月、小学六年だった私は、隣家の尾花清司氏に連れられて、初めて中百舌鳥球場に足を踏み入れたのだった。目の前で鶴岡（山本）監督以下、新聞やラジオで親しんだ名選手の姿を見たときの感激は今でも目に焼きついている。監督の長男（後年ＰＬ学園野球部監督）がまだ小学校に入っていないぐらい小さいのに、30番の背番号（当時は監督の背番号はほとんどが30番だった）のユニフォームを着て、蔭山以下の選手に相手をしてもらっていた。ウォーミングアップのキャッチボールでは、市岡高校出身の笠原と蔭山が組んだり、守備練習では、守備範囲が広く強肩の遊撃手、木塚選手が左右のゴロを掴んで一塁へ送球、それを名手飯田がワンバウンドであろうが見事に捕球する光景にうっとり。当時一塁の名選手は巨人の川上哲治、中日の西沢道夫、南海の飯田徳治の三人だったが、守備の一番手は飯田選手だった。その飯田が打撃練習ではなかなかフェンスオーバーが出ず、「今日は軟式ボールを打っているようで飛ばない」とぼやいていた。当時はドロップといわれたカーブの名選手、中原投手が真っ直ぐに落ちる球をびしびし投げ、キャッチャーがミットを地面に着けて捕球するのにもびっくりした。後年、広島球団からヤンキースなどで活躍した黒田博樹選手のお父さんが外野手の一員だったことも記憶に残っている。

野村克也氏は選手時代、日本人初の三冠王はじめ九度のホームラン王、打点王、MVPなど数々の記録を残し、杉浦投手とのバッテリーで四連勝して宿敵巨人を破り、日本一に輝くなどすばらしい足跡を残した。南海球団を離れてからも、監督として大成功を収め、数多の選手・監督を育てられた。豊富なデータに基づき、的を射た緻密な野球理論を展開するばかりか、人間を育てる指導者として企業から講師に招かれるなど、その輝かしい業績は尊敬に値し否定の仕様がない。しかし、南海時代、親分と慕われた名監督の鶴岡一人氏との間で葛藤があったことは否定できない。雪深い丹後の峰山高校出身の野村選手をテスト生として採用し、その後、目をかけて育ててくださり、結婚式の仲人まで務めていただいた恩師だったのに、あるとき沙知代氏との恋仲から最初の夫人と離婚、沙知代夫人と再婚に至った。南海の監督時代には沙知代夫人が選手の用兵にまで口出ししたことがあったと、展示会場に来たファンの一人が批判していた。

私は大阪市に奉職し清掃局に配属になってから、同じく河内長野から通っていた小西寿明氏（後に市収入役）と一緒に何度も大阪球場に通ったものである。当時、大阪市の清掃事業は日本の大都市をリードしていたが、その中心にあった功労者が施設課長（後に部長から理事）の東清治氏だった。昭和四十三年、大阪市が当番の六大都市清掃会議で、横浜市の清掃局長が「大阪の東課長は偉い、日本の清掃事業を引っ張っていきよる」と褒められたことが忘れられない。氏は豪放磊落（らいらく）で大の南海ファンだった。建設省直轄の御堂筋の維持管理が大阪市長に機関委任され、当時はまだ日本で開発されたばかりのロードスウィーパーで、毎日大阪駅前から難波球場前まで路上のごみを清掃していた。その返礼として、南海球団から東課長に、難波球場の年間を通した招待券が交付されていた。私と小西氏が南海ファンだったので、ときどきこの券を借りてナイターの観戦に出かけていた。「俺の代わりにしっかり応援してくるように」と言われて券を借り、翌日、結果報告を兼ねて返しにいったものである。小西氏は体格が立派で、子供の頃はリトルホークスの選手として河内長野から難波まで練習に通ったという。その頃はまだ二軍の選手だった広瀬叔功（よしのり）選手（後年、盗塁王の名ショートでホークスの監督）のことなども憶えていると話していた。今や広瀬氏も小西氏も物故され、時の流れを感じるのである。

あるとき小西氏と観戦し、人混みの中を難波駅のホームに帰り電車を待っているとき、試合でリリーフとして投げた村上雅則氏が試合終了後の入浴を済ませて、中百舌鳥の若手選手の寮(秀鷲寮)へ帰るためホームにやってきた。今、投げていたのに一緒になるとは、と思った。だから、日本からサンフランシスコ・ジャイアンツに移籍し、実績を残した日本人大リーガー第一号として、大リーグ野球の実況に解説者として活躍しておられるのを見ると、懐かしさを覚えるのである。

難波球場に出かけると、ときどき河内弁のどぎつい声援がスタンドから発せられ、ファンの爆笑を買っていたのを懐かしく思い出す。野村選手がバッターボックスに立つと、鈍足で強打者なので、「野村、ぼちぼち走るやつを打ちや」とか、相手ピッチャーに対し、「もう風呂湧いとるで」と声がかかったり、写真が展示されている外野手の樋口選手には、彼が近視なので「雨が降ったら、目ん玉が一番先に濡れるやつ、しっかり打ってくれや」とか、今なら差別発言で問題視されるだろうと懐かしく思い出す。

南海ホークスの思い出は尽きないのである。

# 駅（空港）ピアノに思う

ＮＨＫのＢＳ放送で、世界各地の駅ピアノと空港ピアノの情景が放映されている。取材者において少しは放送用に構成されているはずだが、自然に通行人や旅行者がピアノに向かって鍵盤を叩く。その前後に自らの生い立ちや思いを告白し、さらに補足するようにコメントがスーパーで流される。

放送される情景は、ヨーロッパの大都市や空港に設置されたピアノが圧倒的に多い。ヨーロッパではピアノの歴史は古く、西洋音楽（クラシック）の重要なツールである。だからピアノはヨーロッパから世界各地へ普及していった。ヨーロッパの人々は、音楽に従事する者だけでなく、さまざまな職業の人や老若男女を問わず、少しも構えることなく気軽にピアノの前に座り、自分の好みの曲や自作曲を奏でる。これを見ると、ヨーロッパでは早くから、ピアノが日常生活の中に浸透していたことを感じさせる。

ヨーロッパの人々の日常生活に比べると、日本で誰もが気軽にピアノに親しめるようになったのは、戦後も昭和三十年代以降、経済の高度成長期に入ってからではなかったか。子供の習い事の一つとして、世の親たちが子供にピアノを習わせるようになってから、日本人の日常生活の中にピアノが浸透普及するようになったと考えられる。

私のような山村に育った老人世代には、ピアノは高嶺の花だった。小学校の音楽の時間も先生がオルガンを弾いて指導してくださったのを懐かしく思い出す。終戦の年に小学校に入学した私たちは、都会から疎開してきた生徒に幼稚園やピアノのことを聞かされても、物珍しさだけで想像もつかなかった。このように戦前から終戦後の時期は、ピアノに親しめるのは裕福な家庭の子、それも都会に住む者でないと不可能に近かった。しかし、高度成長期に入りピアノが普及し、若い世代は気軽にピアノの前に座ることができる。構えることなくピアノの前に座る人の姿を見ると、うらやましくもある。それでもヨーロッパの諸都市に比べると、日本でのピアノの普及はずっと遅く、戦後のことである。一つには音楽の違いがある。日本では古来長く琴、尺八・三味線などが主流をなしていたからである。

ピアノが日常生活に浸透しているヨーロッパの諸都市では、駅や空港にピアノが設置されたのも早い時期からで、道行く人や旅行者など誰でも気軽に老若男女を問わず、ピアノの前に座り、鍵盤を叩く光景に接すると、心がなごむと同時に、ピアノ設置を思いついた企業や行政の理解度を思うのである。

西欧諸外国の事情に比し遅れていた日本でも、各地にピアノの設置が普及しつつある。テレビでも日本の情景も放映される。日本では神戸市や京都市、さらには東日本大震災に遭遇した仙台市などがいち早くピアノを設置し、人々の気持ちに沿い、潤いを与えている。ピアノ設置に理解を示した行政や企業の文化に対する理解度の高さを思わずにはいられない。神戸市や京都市、仙台市などに比べ、経済力からすれば東京都や大阪市がいち早く駅ピアノを設置しても良さそうなのに、全然その気配が感じられない。この現象一つをとって見ても、府民の一人として大阪人の文化、芸術への関心の低さを残念に思うのである。この現象を助長したのは橋下氏が知事に就任して以来、維新政党が府・市政を担うようになってから著しい。

たこ焼きと漫才が人気の中心であり、お金儲けだけに関心の高い大阪では、駅ピアノへの関心が薄いのもさもありなん。文楽・音楽団・博物館・美術館などへの心ない仕打ち一つを見ても、文化・芸術・学者等への理解と援助に関心を示さない維新府（市）政に愛想が尽きる思いである。人間はパンのみにて生きるのではないことを声高らかに叫びたい思いだった。

# 日本語文化を大切に

かつて国際公語はフランス語だった。国際会議で使われるのはフランス語であり、従って外交官志願者などはフランスに留学するなり、フランス語の修得に熱心に取り組んだ。しかし、今では英語が一般的である。国際会議はもちろん、記者会見などでもほとんどの人が英語で意見を述べる。英語以外では母国語に誇りを持つドイツ語、フランス語や中国語、ロシア語などである。文化やスポーツの場面でも英語が主流である。

令和二年五月二十二日のNHK「あさイチ」に翻訳家として大活躍中のS氏（女性）が出演し、自らの生い立ちと経歴を述べ、最近翻訳した著述がビル・ゲイツ氏やオバマ大統領に絶賛されたと紹介されていた。そして彼女は新しい言葉（表現）を獲得するため、大学で教えている。言葉は生きものだから、若い世代から新しい言葉（表現）を得るのが一つの目的だと話していた。

今や地球が狭く感じるほど交通機関が発達し、人々の交流も広くなる。日本の企業も激しい国際競争に打ち克つためにも英語が重要視され、外国との取引き交渉はもちろん、国内での会議でも英語で議論するのを常としている。だから一流企業をめざす学生は、自ら精通する専門分野の他に英語を自由に操れるように英会話の修得にも力を注いでいる。

S氏が言われる通り、新しい言葉（表現）を見つけるためには、大学生など若い世代と接することは大切である。確かに言葉は生きものであり、話しているうちに微妙に変化していく。しかし、日本語は話し言葉としては不利である。日本語の文章構造が英語などとは異なっていて、発音が平板（フラット）である。知識・技術は十分持ち合わせていたり、思考では優れていても、自分から意見を発表し、討論したりする場面では、英語圏はもちろん英語と近い言語圏の人々に遅れをとる場合がある。このように英語が重要視されるのは、イギリス・アメリカ合衆国が政治・外交・経済等の分野で突出していることがあり、同時にアメリカのプログマティズムの思考が背景にあるのではないかとも考えられる。

ところで、元号が「平成」から「令和」に変わって三年目に入る。「令和」を決めるにあたって、初めて国書を引用して決められたことを評価する声が多く、急遽その根拠となった万葉集への関心が高まったと言われる。日本は独自の言語を持ち、長い文化の伝統を誇る。万葉集や古事記、日本書紀に始まり、古今集以下の新古今集に至る勅撰和歌集、世界に誇る源氏物語、枕草子や徒然草の随筆、芭蕉や蕪村の俳諧など優れた言語文学の枚挙にこと欠かない。これらは日本民族の財産であり、末長く継承されるべきである。ただこれらを理解するためには長い日本語の修得が不可欠である。

しかるに昨今グローバル化を反映し、日本人が国際的に活躍するためには英語を聞き、話せることが不可欠だという風潮が強く、文部科学省も小学校高学年から英語教育に取り組むことを決定し、その対策準備を進めている。私自身、五十年前研修生として英国滞在中、十分に英語を操れない苦い体験をしているが、今言われている英語教育の必要性は、とかく英語を聞く、話すという実践面が強調されているきらいがある。英語教育の必要性が強調されるばかりに、反面、伝統的な日本語の教育、国文の軽視につながりかねないか懸念するものである。日本民族は独自の長い歴史を有し、日本語の伝統に基づく素晴らしい言語文化、芸術を保有している。『国家の品格』の名著を刊行して注目された藤原正彦氏も、日本語文学の重要性を強調しておられた。日本語に反映された日本人の心、一三〇〇年にも及ぶ日本文化の伝統を思うとき、貴重な文化遺産を大切にすべきで、それらを理解した上でのコスモポリタンでありたいと思う。日本の伝統文化に誇りを持ち、日本国の品格を忘れない日本人であって欲しいと願うものである。

# 映画「大いなる西部」の思い出

NHKのBS(3)放送で、毎日往年の内外の映画が放映されている。歴史に残る名画もたくさん放映され、時間の許す限り楽しく鑑賞している。封切時に観たもの、テレビの再放送で観たものもあるが、初めて観る映画が圧倒的に多い。私のような老年世代には、第二次大戦中から戦後の一九六〇年ぐらいまでに製作された映画のほうが心に沁みる。一九八〇年代以降の映画やテレビドラマを観ていると、描き方がどぎつくて、現実離れしている印象が強い。戦闘の場面、ガンマンの対決、カークラッシュなど、どの場面でも描き方がどぎつく、しつこくて現実離れしていて詩情に乏しい。往年の名画といわれるものは、時にはシナリオにやや甘い面もあるが、詩情が豊かで、観る人に感情移入がし易く共鳴しやすい。

西部劇はある意味ストーリーが決まっていて単純であるが、歴史に残る名画がたくさんある。私は数多い名画の中で、「大いなる西部」と「シェーン」の二作が大好きである。遠く高校一年のホームルームの時間に、邦画と洋画のどちらがより楽しいかが議論になり、英語の得意なI君が洋画を強く推し、とりわけ「シェーン」だと強調したことを思い出す。「大いなる西部」（The Big Country）を映画館で観たとき、大きな感動を覚えたことを今でも記憶する。昭和三十年代、国際情勢は米ソの対立が厳しく一触即発の感があり、だからこそ中間の第三勢力の存在と役割が貴重とされており、その代表がインドのネール首相とユーゴスラビアのチトー大統領だった。緊迫した国際情勢が常に頭にあったから、「大いなる西部」を観たとき、シナリオが良くできていると感銘を受けたのだった。

私が大学一年の昭和三十三年のことである。教養課程の英語の授業の一つに、磯川教授の時間があった。磯川先生は英語の諺の研究に詳しく、諺に関する著書も刊行しておられた。だから授業の中でよく諺について解説された。その中で日本では嫌われる蛇（snake）が西洋では諺に度々使われており、犬（dog）や猫（cat）を用いた諺があることを教えられた。先生は授業の冒頭に、短い英作文を必ず提出させた。私など英作文の能力が乏しかったので、言いたいことは幾らでも思いつくのだが、英語で表現するとなると筆が鈍り、単純な表現になってしまうのだった。夏休みに山陰地方へ高校時代の友人と旅行したときの印象を書いたとき、Sanin District と書くと、San-In District とハイフンを入れなさいと訂正されたことを記憶している。

それで「大いなる西部」の映画に感動し、その印象を英作文したことを思い出す。「大いなる西部」の中で、隣接する因縁の大牧場主の二人の対立に挟まれた水源地（ビッグマディ）の所有者の存在が重要であり、インテリの独身女性（ジュリー）がどちらにも水源地を売らずに、平等に双方の牛に水を飲ませるという理解を示す知性派だった。当時の国際情勢が頭の中にあり、中間の第三勢力の存在こそ重要だと考えていたので、西部劇の映画でありながら、国際情勢までもふまえてシナリオが書かれていることに感銘を受け、そのことを下手な英語で書いたことを記憶する。あれ以来テレビで何度も「大いなる西部」を観るが、その度に遠い昔のことを思い出し、感動を新たにするのである。ただ、チトー大統領没後は、〝民族のルツボ〟といわれるバルカン諸国は、民族の対立抗争の内乱期を迎え、それを経て新しい秩序が生まれつつある。

## 「大いなる西部」のあらすじ

牧場主の娘パット（キャロル・ベーカー）がアメリカの東部へ遊びに行って知り合った船会社の御曹司の青年ジェームズ（グレゴリー・ペック）と恋仲になり、牧場主の二代目含みで西部の牧場へやってくる。彼女は牧場育ちの粗野な性格で、大陸の大草原の広さこそすべてだと思っている。しかし彼は船長の経験もあり、大陸より広い大海原のことを知っていて理想家肌である。牧場の経験はないが、努力すればマスターできると思っている。手始めに荒馬に乗るように試され、最初は馬に遊ばれてしまうが、人の見ていないところで練習し、遂に荒馬を手なずけてしまう。しかし、そのことをパットにも他の牧童たちにも秘して見せつけない。その辺のジェームズの考えをパットは理解できず、彼女に思いを寄せる牧童頭の青年（チャールトン・ヘストン）の存在もあり、ジェームズをなじるのである。牧童頭は主人に育てられたので忠実で、二代目になるべきジェームズの人柄と考えを理解できないでいる。ジェームズは二つの牧場の牛が水を飲ませてもらっている水源地のことを知り、丸腰で水源地をたずね、持主の女主人ジュリー（ジーン・シモンズ）に会って彼女の考えを聞かされ、共鳴して帰ってくる。

隣接する二つの牧場主は、小さい頃から生い立ちも異なり、互いにライバルとして競いあってきた。どちらも水源地を購入して牧場経営で有利な立場になりたく、女主人ジュリーに買い取りを申し込む。しかし、彼女は二人の関係を知っており、どちらにも売ることとなく、平等に牛に水を飲ませることを条件としている。しかし、ジェームズは彼女の心情を理解していて、互いに魅かれるものを感じているので、彼には売却を約束する。

パットとのぎくしゃくから遂にジェームズは別れを決意し、ジュリーから水源地を買って自ら牧場経営に乗り出す決意をする。その前に牧童頭に決闘を申し込み、人目につかないように月下の草原での決闘が始まる。牧童頭は簡単に打ちのめせると考えていたが、ジェームズは非常に強く、なかなか決着がつかずに二人ともへとへとになって中止する。そのとき牧童頭は相手の強さを知り、決闘の空しさに気付く。一方、ジェームズはそのことを気付かせることに目的があったのである。月下の決闘シーンはこの映画の一つの見所でもある。

パットと別れたジェームズはジュリーに会いに行き、自分の考えを述べて水源地の購入を申し出る。彼の考えに共鳴した彼女は、二人の間に信頼感が生まれていることもあり、水源地を売却する。

もう一人の牧場主（バール・アイヴス）の息子（チャック・コナーズ）は思慮が浅い。ジュリーと婚約し水源地も自分のものになると父に嘘をつく。しかし、ばけの皮が剥げ、結局正義感が強い父に撃ち殺されてしまうのだった。

物語は二つの牧場の対決となり、最後は二人の牧場主が決闘し、相打ちにより二人とも死んでしまう。ジェームズとジュリーの二人は新しい牧場の経営に乗り出すのだった。

## 「大いなる西部」への思い

「大いなる西部」の映画を観るたびに、磯川先生の英語の時間の英作文のことを思い出すのである。あれから六十年が経過し、ソヴィエト連邦も崩壊した。今や国際情勢は中国が台頭し、アメリカに次ぐ第二の経済力で存在感を増し、米中の対立を中心に動いている。「大いなる西部」では、二人の牧場主役も有名な俳優であるが、何よりもグレゴリー・ペックとチャールトン・ヘストンの二人。妻役のキャロル・ベーカー、水源地の所有者役のジーン・シモンズ、さらにはチャック・コナーズなどがそれぞれの演技で存在感を示している。チャールトン・ヘストンはこの映画以上に「ベン・ハー」ほか、歴史に残る古典映画等で名を残している。グレゴリー・ペックはあの「ローマの休日」の主役で映画史に名を残し、それ以外にも数々の主役を務め、その人柄と紳士的な行動から、第二のゲーリー・クーパーとも称されている。私の印象に残るのは、「ローマの休日」で共演したオードリー・ヘップバーンが晩年癌におかされ、スイスでの転地療養を求めたとき、その実現に奔走したのがグレゴリー・ペックだった。彼の人柄を示すエピソードとして印象深い。チャック・コナーズは大リーグ(ドジャース)の野球選手出身という異色の経歴の持主であり、後年「ライフルマン」の映画で有名になったのだった。

# 昭和生まれの明治人間

私はメカが非常に苦手です。携帯電話も時計も持ち歩きません。ワープロが打てないので、連絡は手紙かはがきか電話だけです。そういう日常生活を送っているので、加齢とともにだんだん物忘れがひどくなり、特に人名や地名など固有名詞が出てきません。字を書くのを苦にしないのですが、漢字が出てきません。だから国語の辞書を必ず手許に置いていています。それで八十二歳になって、愛用していた辞書が古くなったので、新しい辞書を買い求めました。そしてパソコンもできませんので、歴史的事実や特別な事項などを調べたり確認するため、必ず図書館に出向きます。スピードが貴重な時代に時間がかかるので非効率ですが、自分で納得するまで調べるので致し方ありません。目下緊急事態宣言のため、図書館が臨時休館されているのが不都合です。

こんな状況ですので、あるとき電話がかかってきて、「ファックス番号を教えてください」「いいえ、ありません」「それでは携帯電話の番号を教えてください」「いいえ、携帯電話も持っていません。息子からも、お父さんは昭和生まれの明治人間だと笑われます。まるで、雲か霞を食って生きている仙人のような生活をしています」と返事をすると、電話口の若い女性が、一瞬、二の口が告げられないのか、しばらく絶句したことがありました。

こんな生活を自慢しているのではないのですが、字を書くことはまったく苦になりません。毎日、その日の出来事や感じたこと、読後感や映画やドラマの感想などを大学ノートに書き留めています。題して「想い出日記」。数十年前から書き続けていますので、書棚には大学ノートが数十冊たまっています。1964年の東京オリンピックのことも書いています。ある意味これが自分史でもあるのです。

視力が衰えてきており、小さい字は読みづらく、読書のスピードも気力も若い頃のようにいきませんが、私は活字人間です。新聞広告などから読みたい本を書店に注文し、一年に二十冊は読了します。しかし、一度では頭に残らず二度通読するように努めています。その読後感も、下手ながら趣味の俳句も、大学ノートに記帳しています。

私は日々の生活で、環境対策を心掛けていることがあります。それは、家庭から出る台所のごみ（厨芥）は、別の容器に取っておき、二、三日に一度必ず庭の片隅に埋めることにしています。結婚後、妻にも言いつけてずっと続けてきました（妻とは平成十三年に死別）。夏場はすぐに腐敗してうじ虫がわき易いので困りますが、それでも工夫して頑張って続けています。

　だからごみ収集日に持ち出すごみは少量で、プラスチック容器や紙類などの可燃物ばかりです。そして厨芥の埋め立てにより、庭の土質も改善され植木も、良く育ちます。このように徹底して環境面に配慮した生活を送っているのが、ささやかな誇りです。

# 精一杯生きて

拙著『河内の四季つれづれ』（二〇一一年十一月刊）の中で、「老境の思い」と題して当時の心境を綴った。あれから十年が経過し、私は馬齢を重ねて八十二歳となった。あの時は東日本大震災が発生した直後の春（四月）だった。あれから十年後の現在、被災地はかなり復興したが、人々の心の傷はそう簡単に消えるものではない。東日本大震災後も、大型地震や風水害などの災害が発生し、さらに昨年一月から新型コロナウイルスの感染が始まり、地球上に広がって十数カ月、その勢いは衰えるどころか新株の発生が加わり、今や地球上の人類が目に見えないウイルスに生存すらおびやかされている状況にある。

早や師走無為に過ぎゆく八十路かな

令和二年十二月の心境を詠んだ句である。この句からさらに半年が過ぎたが、事態はさらに深刻な状態にある。多くの人々は一年以上もさまざまにコロナ対策をし、窮屈な状態で仕事をし、商売をし、日常生活を過ごしてきた。外出の自粛、宴会や各種会合の中止、スポーツや芸能の大会の開催縮小や中止、個人的には旅行やスポーツ観戦の自粛、映画や演劇の鑑賞もままならず、飲食やカラオケなどの楽しみも我慢してきて、今や限界にきつつある。だから緊急事態宣言が解除されれば、途端にどっと街に人出が増し、それが感染者数の増加を招くという悪循環の状況を呈している。人間の我慢が限界に達しつつあるのに先が見えてこない。結局、有効なワクチンが大量に安価に開発されるまでは、かつての平穏な日常に戻れないのではないかと思う。

そうは言っても、私のように人生が残り少ない世代にとっては、無為に過ぎゆく時間が貴重で残念でならない。いつ体の自由がきかなくなるかわからない。体力が年々衰えていくのを自覚する。自分では急いで歩いているつもりなのに、実際は思ったほど進んでいない。その証拠に、私の横を十代の女性がスマホを見ながら、すいすいと追い越していく。これが現実の姿である。同様に、忘れっぽくなって、地名や人の名前がすぐには出てこない。年長者同士で話していると、お互いにわかっているのだが、

「あれあれ」とか「あの人」とか言うだけで固有名詞が全然出てこないのである。このような状態だから、残された時間を各自の経済の許す範囲内で自分の思いのまま生活を楽しみたい。しかし、それができないのが辛くて悲しい。無為に時間が過ぎてゆくのが惜しくて我慢がならないのである。

私はすでに両親を送り、子育ても終えた。二人の息子は独立し、人並みの生活を送っている。妻と早く死別したことが唯一の計算外の不運だったが、公務員の年金暮らしで独居生活は十数年に及ぶ。私なりのリズムで日々を送り、生活をエンジョイしている。すでに鬼籍に入った友人も少なくない。身辺整理や終活という言葉が妙に現実味を帯びている。息子からも身辺整理をして相続の準備をしておいてほしいと言われる。しかし今のところ、私は幸いにも体力的に元気である。これは子供の頃から不便な山村の農家に育ち、当時は歩くことしかなかった不便な環境が、自然に足腰の鍛練になったことが幸いしている。実家は限界集落を越えている状況にあるが、居住地と実家の双方の自治会にかかわり交流を続けながら、山林と田畑の維持管理に努めている。そのことは拙著の中でも何度か触れている通りである。

長年の行政経験を生かして、双方の自治会の役員をはじめ、菩提寺の檀家総代、出身高校の同窓会の役員、森林組合などにかかわっている。そろそろ退任して後進にバトンタッチしたいと考えているが、一気にすべてから引退することにはならないだろう。趣味として、俳句の同好会に参加し、毎日日記をつけたり投稿を楽しんでいる。自分では納得しながら充実した生活を送っているが、いつまで続くやら……。

拙著の中で、山仕事や野良仕事の楽しさと自分の思いを綴ってきたが、土を耕し、野菜を育て、収穫を楽しむ。自ら育てた大根で沢庵作りにも挑戦する。収穫した野菜や沢庵を親戚や友人知人に贈って喜ばれることにも生き甲斐を感じている。人間土から生まれ土に戻っていくことを思うとき、土に親しむ生活に無上の喜びを感じている。

野良仕事と同様、山仕事も好きである。一人で山に入り、鋸や鉈でもって立木の枝を打ち、笹や雑木を伐り倒し、下草刈りをして杉や檜を育てる。杉や檜は人が手を加えると素直に応えてくれる。山の空気は澄んで静かである。静謐の中に、ときどきうぐいすや小鳥のさえずりを聞いて癒される。秋から冬の間チェッチェッと笹鳴きしていたうぐいすが、春になると山中から次第に麓を経て平地に降りてくる。毎年二月に山中で仕事をしていると、うぐいすの下手なさえずりが聞こえてくる。これを聞くと春がすぐ近くまで来ていることを感じる。そして三月になると、うぐいすは平地に降りてくる。その頃にはホーホケキョと見事にさえずるのである。こんなとき、大自然に抱かれている思いに包まれる。八十路の男にこんな生活がいつまで続くやらと思いながら……。

自分の人生を振り返って、民間会社勤務を早々に断念し、公務員（大阪市）に転職し、回り道をした結果になったが、私なりに公僕として仕事に精励してきたことに誇りをもっている。そして今、年金生活者ながら、長年の行政経験が役に立ち、自らの利益にこだわらず、地域社会やその他の分野で頼られ、少しは世の中のために奉仕できていると感じる生活を送れることに感謝している。

ただ二人の息子たちに、伏谷家のことをきっちり継承できるか懸念するのが少し心残りである。今時「家」のことにこだわるのは、あまりにも視野が狭いと言われるかも知れないが、人間誰しも目に見えないご先祖様に守られ、地域社会とのかかわりの中で生きていることを忘れてはならないと思う。「人」という字は、人間は支えあって生きていることを示しており、決して一人では生きていけないことを示している。いささか私的なことになったが、人生の晩年になって、自分の思いを吐露したところである。

# 付録

小深

# 川上中学校回想私記

本稿は記念誌の一部になればと考え、私が在籍した期間の川上中学校の状況を記憶をたどりながら、まとめたものである。

記事の内容は、できるだけ客観的に書いたつもりではあるが、私の思い込みもあり偏っている点についてはご容赦いただきたい。

（平成二十六年十月）

川上中學校回想記

当時作成の冊子
表題は永田峰亭氏

# 川上中学校の思い出

私たちが卒業した小学校も中学校も、過疎化の影響で廃校になってしまった。そのことが歳を重ねるにつれ残念に思う気持ちが強くなる。楠郷小学校のことについては、拙著『河内の野面』、『河内の四季つれづれ』などに思い出を綴り、校史の一端となし得たが、川上中学校については書く機会がなかった。

旧川上村には楠郷と錦川の二つの小学校が存在し、両校の卒業生が川上村立中学校に進むことになっていた。楠郷・錦川の両小学校については、昭和五十九年の廃校に際し記念誌が刊行されているが、川上中学校については期間が短いこともあり、記念誌がない（以後川中と略す）。川中は昭和四十六年に統合のために廃校になってから時間が経過し、人々の記憶の中からだんだんうすれていく。このことが私には悲しく、みんなの記憶が消えない間に何らかの記録を残しておきたいと切望している。

たまたま、平成二十五年の夏に、かつて川上中学校があった場所に建っている川上公民館で、井関公民館長が中心になられ「世界に翔く川中生」と題して、卒業生の西田守氏と平山猛氏の活躍を回顧する展覧会が開催された。ちょうどお盆休みをはさんだ時期だったので、帰省中の卒業生も訪れ、懐かしい思い出を語り合った。西田守氏（八期）はバレーボールで、平山猛氏（二十三期）は陸上競技で大活躍されたのだった。

西田氏は、大学卒業後、大阪市立大正中央中学校の教諭となり、バレーボール部の監督として、指導の実績を上げられたのだった。大正中央中学校の教え子の一人が、後年、全日本女子バレーボールの監督として、オリンピックでも好成績を収められ、また教育界でも活躍された柳本晶一氏だった。西田氏自身、十九歳以下のユース大会で女子バレーの初優勝監督となられ、その後、協会幹部として柳本氏登用の後ろ楯となられたのだった。残念ながら病魔におかされ、不帰の客となられたのは痛恨の極みである。展示会場には、柳本監督の色紙や、西田先生の思い出を語るテープが流され、会場のみんなは往年の彼の活躍振りを偲んだのだった。

一方、平山氏は、陸上競技界で活躍され、インターカレッジの三千メートル障害及び一万メートルで優勝され、大阪体育大学の総合優勝に大きく貢献された。その後、氏は教育界に進まれ、現在は河内長野市立長野中学校の校長として、地元の教育界で後進の指導に従事しておられる。

23期平山猛氏の展示

8期西田守氏の展示

この展示会には、多くの卒業生が会場を訪れ、卒業生の記念アルバムやかつての学園風景や学校行事の様子を示す写真などに接し、存命の恩師を囲んで川上中学校の往時を偲ぶ会話に大いに花が咲いたのだった。今は亡き恩師のちょっとした仕草や言葉遣い、狭い運動場での体育祭の行事、とりわけマラソン競争と仮装行列が思い出された。観心寺恩賜講堂での学芸会や映画会、楠公祭の行事など観心寺境内での催しなども話題になった。

この展示会がきっかけとなって、今度は文化や芸術面で活躍している卒業生の作品展を開催して、往時を偲ぼうではないかという声が寄せられ、お正月休みの期間を利用して、第二回目の作品展が開催されたのだった。

卒業生は文化や芸術面でも活躍しており、書道、絵画、陶芸、写真、彫り物、文芸の各分野の多彩な作品が展示された。作品展の中心は、川中時代に板倉校長に書の手ほどきを受けられ、その後、高校、大学での精進を通じ、後年書の大家として活躍されている永田誠（峰亭）氏の書が中心だった。

永田峰亭氏は四十数年にわたり書道研究「白峰会」を主宰している。氏は若い頃より日展に入選し、現在は公益財団法人・日本書道美術館の副館長ならびに評議員として日本の書道会を荷っている。妹の粉生観峰（永田マサ子）も川中出身（八期）で、白峰会の幹部の一人である。参考までに、作品展に出展された方を紹介する。

書道　永田峰亭（四期）
　　　上田中清子（七期）
　　　粉生観峰（八期）
　　　平井　誠
絵画　南　順二（四期）
　　　中植卯三郎（七期）
　　　新屋　稔（七期）
陶芸　尾屋貴文（十五期）
写真　大畠泰子（十期）
彫り物　大浦修一（十七期）
文芸　伏谷勝博（七期）

4期永田峰亭氏作品の展示

川上 中学校卒業生

現在のようす

作品展には、井関館長の骨折りにより、第一期から二十四期までの全期の卒業アルバムと、さまざまな学校行事、林間学舎時代の川中校舎、新校舎落成後の全景などの写真が展示され、参観者は思い思いにゆかりの写真を見つけては、往時を偲んで思い出話に花を咲かせたことだった。

二回の展示会をしめくくる催しとして、平成二十六年三月に川上公民館において、恩師の西谷進先生及び各期の代表六名を中心に、卒業生が三十数名集まって、川中時代を回顧する会合が催され、みんな思い出に浸った。そして最後に全員で校歌を斉唱して閉じたのだった。

川上公民館での二度の催しを機に、川上中学校についての記録や記念誌が無いことが話題になった。

恩師や卒業生の中にはすでに物故された方も多く、卒業生の記憶の消え去らない間に、記念誌的な記録を残しておくべきではないかという声が多数寄せられた。このような声を受けて、井関館長は一期から二十四期までの全卒業生の名簿をはじめ、全部の先生方の名簿や学校関係の資料、さらには当時の川上村の人口や予算、合併後の川上地区の同様の資料など、様々な資料を集録してくださった。これらを基に何とか川上中学校の記録を残しておきたいと願うものである。と言うのも、二回の展示会で卒業生の活躍振りの一端は示されたのだが、これ以外にも川上中学校は山村の小規模校で教育環境に恵まれなかったにもかかわらず、各界に多くの逸材を輩出し、輝かしい校歴を誇っている。金剛山麓から流れ出した石見川の清流の河畔にあって、名刹観心寺の門前に位置した川上中学校は豊かな自然に囲まれ、南北朝の英雄、楠木正成にゆかりの地であり、校下には観心寺、河合寺、延命寺の名刹が存在する歴史の香り高い土地柄である。以下に川上中学校の歴史と卒業生の活躍の足跡を書き記したい。

## 川上村立中学校の誕生

終戦後、占領軍（ＧＨＱ）のマッカーサー指令部の指示により、新しく教育基本法並びに学校教育法が制定され、日本の教育制度は大きな変革をとげたのである。昭和二十二年度から、新しく六三三四制の教育制度が実施されることになり、尋常（後に国民）小学校六年に加え、新しく中学校三年までが義務教育過程とされた。そのため、市町村は義務教育としての中学校の設置管理を担当しなければならなくなった。終戦直後の物資窮乏の時期に中学校の開設は各市町村にとって大きな負担となったが、当時の南河内郡川上村では急遽学校施設を整備する財政的余裕がなかった。そこで、当面は観心寺の林間学舎を村が借用し、川上村立中学校として出発したのだった。新校舎が落成する昭和二十六年春までの四年間は木造二階建ての林間学舎で学ぶこととなった。当時村はピアノを購入する余裕もなく、楠郷、錦川の両小学校にはオルガンしかなく、川上中学校は地元寺元の冨賀家が所有するピアノを借用して、音楽教育や行事に使用していた。

観心寺林間学舎

日本国では、新しい憲法が制定施行され、公選法や地方自治法も制定され、昭和二十二年に都道府県知事や市町村長並びに各議会議員の選挙が実施されたのだった。当川上村では、村長は無投票で福田兵二氏（昭和二十一年四月〜二十四年九月）が、次いで竹鼻眞作氏が、昭和二十四年九月から就任された。一方、昭和二十二年に村会議員の選挙が実施され、村会議長に伏谷増一氏が選任された。当時、議長は一年交替ではなく、竹鼻氏は無投票で再選され、村政は竹鼻・伏谷のコンビで、昭和二十九年四月一日に河内長野市発足により川上村が廃止されるまで、推進されたのだった。

村政が落ち着いてくるにつれ、林間学舎を借用してスタートした川上中学校の独立の校舎の必要性が議論されるようになり、昭和二十五年に新校舎建設が議決され、林間学舎に隣接する用地を確保して新校舎の建設に着手された。新校舎の建設委員長に、竹鼻村長の意向を受け、議長の伏谷増一氏が就任したが、議員との兼務は多忙だったので、建設現場の隣に住居していた番匠竹松氏が副委員長として工事現場の指揮監督に従事されたのだった。

中学校発足当時は正規の運動場もなく、寺元地区の石見川の河原に設置されて狭く、運動会は観心寺の恩賜講堂前の広場を借用して実施されるといった塩梅だった。

新校舎は昭和二十六年五月に完成し、同五月二十五日に落成式が挙行された。筆者はたまたま二十六年四月入学だったので、林間学舎での生活はわずかの期間だけで、檜の香りが豊かな新しい清潔な校舎での学生生活を満喫することができ、幸せだった。担任の吉川めりい先生からは「あなたたちは恵まれていて幸せよ。二年、三年の生徒は、寒い冬の時期、近くの石見川の河原から石を拾って集めたり、作業に動員されたのよ」と聞かされたことを憶えている。

落成式典に合わせ、校歌の制定が進められ、音楽担当の冨賀侑（すすむ）先生が作詞作曲されたのだった。

開け東の空白み　紫雲の低くたなびける
金剛の峯仰ぐとき　川中生徒の雄叫びを
鳥の音朝を告ぐるとき　流れも清き石川の
昔を語るささやきに　平和の鐘は鳴り響く

校舎は、まさしく詠んである通りの立地を占めていた。私たちは練習した校歌（後年、西尾正先生によって編曲された）を式典で力一杯歌ったことを記憶している。

新校舎は檜を使った平屋建てで、正面車寄せの背後は応接室と宿直室、中央に職員室を挟んで左右に二教室ずつが配置され、北側の端に炊事室が設けられていた。敷地は大畠正己氏の農地を譲ってもらったものだった。国旗掲揚台も教育長だった和田良一氏から杉の元木を寄贈していただき、三年生の男子が神ガ丘の山林まで出向いて、長くて重たい丸太を道路まで運び出し、大工さんが掲揚台に仕上げたものだった。現在は公民館横に皇太子御成婚記念の碑が立っている。

## 能力別学級と全校実力テストの実施

終戦後の復興が次第に進み、社会情勢が落ち着きを見せ始めた昭和二十六年春に、新校舎が完成した。川上中学校の歩みを振り返るとき、第二代校長の板倉滋氏の時代になって、勉学・スポーツの両面で輝かしい実績を収め、今振り返ってもっとも盛んな時期だったといえる。

この時期の学習面で特筆すべき出来事は、能力別学級と全校実力テストの実施であろう。そのいずれもが学年の枠を外して、全校生が一斉にテストを受け、その結果を基に教育が実施されたことにある。能力別学級は主要科目の数学と国語（後に英語も加わった）について全校生が同じ問題でテストを受け、その習熟度に応じて学年の枠を外してクラス編成がなされた。教科内容は文部省の検定教科書やカリキュラム通りではなく、習熟度に応じて先生方が教材とテキストを決められた。私の記憶では、国語で新田次郎の『富士山頂』や芥川龍之介の『トロッコ』などを学んだことが、懐かしい思い出である。

実力テストは、主要の四教科（数・国・社・理）について同じ試験問題で全校生が一斉にテストを受け、結果は百番近くまで発表（掲示）されるのである。これは全校生に刺激と緊張を与え、ある意味で脅威だった。一番の強烈な思い出は、新一年の北野一昭氏が一学期のテストでいきなり一番になり、全校がひっくり返るほど話題になったことである。

当時の高等学校への進学は、大阪府では小学区制が実施されており、旧南河内郡内が学区となっていて、公立では富田林、河南、登美丘、農芸高校、富田林の分校しかなく、他に私学の千代田と初芝商業ぐらいで、後年にＰＬ学園、清教学園が創立されるといった状況で、進学率も低かったが狭き門ではあった。

従って、いきおい優秀な生徒は富田林高校を目ざすという傾向にあった。川上中学校は山村の百名余りの小規模校で、教育環境も充分ではなかったが、先生方の熱心な指導の下に優秀な人材が次々と育ち、毎年富田林高校へは上位で合格者を多数輩出していた。富田林高校へ板倉校長が出かけても大きな顔をできるというほどの評価を得ていた。振り返って五期から十一、二期あたりが全盛期だったように思われる。

固有名詞を挙げるのは良くないかも知れないが、名誉なことなので敢えて氏名を記することにしたい。私（七期）が在籍した頃は、三年（五期）に男子は北谷繁、女子には大畠敬子という優秀な生徒が居り、私たちは富校へ進んだら、男子は北谷君を、女子は大畠さんを見習うようにと先生方から指導を受けたものである。北谷氏は富田林高校でも文武両道に秀でており、同期一番は東大へ、二番の北谷氏は京大へ進まれたのだが、校内のスポーツ・バッヂテストでも常にベストテン入りをされ、京都大学では関西六大学野球（当時は関関同立と京大、神戸大で構成）で京大チームの五番レフトとクリーン・アップを打つ主力選手だった。川中出身の四期生の道上清巳氏が、富校の卒業式では在校生総代の北谷氏の送辞に送られて卒業した、と述懐しておられた。

大畠さんは、中学時代、国語の授業でちょっと『源氏物語』の話をしたら、早速自分で源氏物語を探してきて読んでいたと聞かされたことがある。あの当時に家でピアノを習っておられ、私たち一年生は彼女の伴奏で学芸会で斉唱したことがあった。大畠さんは富高から大阪女子大学に進まれたが、先年物故されたのが惜しまれる。

八期の北野一昭氏は富田林高校から大阪大学に進まれ、学部を主席で卒業後、武田薬品(株)に就職され、研究所長として医薬品の開発に尽瘁(じんすい)された。九期生が川中出身で最高の成績を収めたといえるのではないか。富校の入試では伏谷博雄氏が一番、堂浦文博氏が五番で合格し、川中始まって以来だと先生方はびっくりされたのだった。後年、伏谷博雄氏は早稲田からハーバード大学大学院に進み、堂浦文博氏は大阪大学工学部大学院を卒業された。伏谷博雄氏は北谷繁氏に次いで、富田林高校の卒業式で答辞を読んで卒業している。次いで、十期から東井清彦氏が富田林高校から大阪大学に進んでいる。彼らから少し遅れて十八期の梅尾博司氏が、富田林高校から大阪大学工学部大学院を卒業され、電気通信大学等の教授として後進の指導に当たられた。それ以外にも名前は省略するが、大阪市大、府立大、大阪女子大などに多くの人材を輩出している。昭和二十年代から三十年代前半の頃はまだ塾などの補習授業の態勢も整っていず、とりわけ山村の不便な土地から通学しながら、川中卒業生がこのような好成績を収めた原因は一体どこにあったのだろうか。昨今のように小さい頃から塾へ通って「作られた秀才」でないところが貴重である。

## スポーツ界での活躍

バレーボールの西田守氏と陸上競技の平山猛氏のことはすでに触れたので割愛するが、昭和二十年代は南河内郡及び郡南部地区（長野、三日市、高向、天見、川上）内の対抗陸上競技が盛んで、代表選手は郡大会の中百舌鳥陸上競技場へ出場することが憧れでもあった。

当時は石見川から地道を自転車で寺元まで通学するだけでも大変な時代で、生徒たちは朝夕の通学で自然に心肺機能が鍛えられ、川中生徒は長距離種目で好成績を収めている。郡大会での入賞者を列記しておく。

四期　船井利夫　　　　　　1500m　　一位
五期　大佐古トシミ　　　　女子200m　二位
七期　船井国夫（現姓 福本）　1500m　四位
七期　峯垣内知津子（現姓 坂本）　女子走り幅跳び　二位

奇しくもこの四人は全員錦川小学校出身者である。遠いところから通学する間に自然に足腰が鍛えられたのであろう。

南部の大会でも、五期生は素晴らしい成績を残している。男女の走り高跳びでは中谷幸雄先生の指導により、井之本康夫、池田正子の両選手が優勝し、男子1500mでは新屋清隆が二位、上野寿一が五位になっている。

九期生以降は、先生の熱心な指導により、バレーボールの練習に打ち込み、河内長野市内の中学校対抗試合に優勝するばかりか、南河内郡大会でも優勝し、近畿地区大会への出場を決定するなど輝かしい記録を樹立した。そのような中から後年、西田守氏のような立派な指導者が育ち、バレーボール協会の幹部として活躍することになったのである。

## 書道での実績

板倉滋校長は、自ら書道で大成されたが（ニューヨークで個展開催など）、校長時代に書道部を結成され、書道の指導を熱心にしてくださり、部員は競書会に参加し好成績を収めたのだった。書道部の在籍者は多かった。主な在籍者を列記すれば、永田誠（四期）、高山道子、浅田順子、池田正子（以上五期）、尾崎ますゑ（六期）、上田中（現姓 辻野）清子、水口教子、桐石登志恵、福田弘行、伏谷勝博（以上七期）、永田（現姓 粉生）マサ子、北垣外友一（以上八期）などである。

永田誠（峯亭）氏は河南高校で中川雨亭先生の指導を受け、大阪教育大学在学以降も書道に精進し、大阪府立高等学校芸術科書道教師として長年学生の指導に当たった。さらに退職後も大谷女子大学（現 大阪大谷大学）の講師として、十七年間にわたり後進の指導に専念した。

また日本の伝統芸術書道の海外宣揚のため、文化庁後援で日本代表団副団長として渡欧し、その手腕を発揮した。それ以後現在に至るまで、イタリア・ドイツ・スイス等の書道愛好家への指導を続けている。

## 宗教会での活躍

川上村は、観心寺、河合寺、延命寺の名刹が存在し、村民は日頃から宗教的な意識に目覚め、お寺の祭礼などに積極的に参加してきた。このような環境が幸いしたのか、宗教界にも逸材を輩出している。一人は永島龍弘観心寺和尚（十二期）であり、もう一人は建部祐道師（旧姓　藤井光夫　九期）で、九州の鎮国寺住職である。永島師は本山の高野山金剛峯寺の総務部長を務めてこられ、建部祐道師は現在本山の御室仁和寺管長を務めておられる。

永島師は父行善氏の長男に生まれ、地元の楠郷小学校、川上中学校から富田林高校に進まれたのだが、川中卒業生にとっては子供の頃から共に学び遊んだ仲間であり、地域の精神的拠り所のような存在として、広く地域の人々から尊敬されている。

建部師は、旧姓を藤井といい尾道出身で、延命寺の老僧上田霊城師の一番弟子として、川上中学校の九期の二年生のときに編入してこられた。その後河南高校から龍谷大学に進まれ、卒業後、見込まれて九州の鎮国寺に入られ、精進を重ねて後年、本山の御室仁和寺の宗務総長を経て管長にまで昇りつめられたのである。

観心寺、延命寺とも真言宗の寺院であり、遠く平安時代の昔から、宗祖弘法大師(空海)が巡錫された土地柄であり、宗教的雰囲気が色濃く漂っていることが影響しているかも知れない。

# 延命寺のこと

延命寺という名称のお寺は各地に見かけるが、河内長野市神が丘（古くは河内国錦部郡鬼住村といった）の延命寺は、真言宗御室派に属し、〝薬樹山〟の名が冠されている。草深いこの地域には多種類の薬草が産したのでこの名が冠されたのだろう。縁起によれば、弘仁年間に空海が当地方を巡化（じゅんげ）の際、一寺を建立したのが始まりである。その後、寛永十六年当寺に誕生した浄厳が高野山で二十余年修行の後、延命寺を創建され中興したものである。

延命寺は紅葉の名所としても有名で、写真愛好家には特に人気が高い。何といっても府指定天然記念物の「夕照の楓」がよく知られ、見事な枝ぶりの古木だが、近年樹勢が衰え気味なのが気がかりである。

延命寺は真言密教の道場として、戒律の厳しい学問寺としての印象が深い。先代の覚城大僧正、現住職の霊城大僧正、それぞれに高野山で修行を積まれ、学徳の誉れ高い方々である。霊城師は、近くに住宅開発が進んだので、寺領を開発して公園墓地を経営してはどうかという提案などにも耳を貸されず、学問寺の伝統を維持されている。学問寺らしく、当寺からは、元禄期に開基浄厳大和尚、その後、蓮体和尚、明治期の中興の祖照遍大和尚など高僧を輩出している。とりわけ浄厳和尚は、江戸三百年を通じて仏教界最高の学僧として誉れ高く、日本史の教科書にもとりあげられるくらいである。畿内から讃岐、播磨、備前、備中にまで巡錫（じゅんしゃく）して声名高く、幕府としても放置できなくなり、五代将軍綱吉に江戸に招かれた。湯島に土地三千五百坪と金子三万両を賜り、霊雲寺を創建して幕府の祈願所とされ、和尚はカゴでの登城を許され、将軍の侍講（じこう）として進講されたという。天海や崇伝とは異なり、政治向きのことにはかかわらず、学問や人の道で指南されたところに魅力を感じる。晩年、延命寺へ帰ることを望まれたが、将軍家から許されず、江戸で没している。

平成十三年は浄厳和尚没後三百年に当たり、浄厳和尚三百年大遠忌と併せて照遍和尚百回忌、覚城和尚五十回忌の法要が青葉祭（五月五日）の翌日に盛大かつ厳かに執り行われた。当日は幸い天候にも恵まれ、境内のひらどつつじは満開で、楓の若葉をわたる風爽やかに、うぐいすなど小鳥のさえずりも響く山内で故人の業績を偲びつつ、法要が営まれた。霊雲寺からの遺族の参列をはじめ、仁和寺、唐招提寺、観心寺、金剛寺、弘川寺、高貴寺、龍泉寺、滝谷不動尊、盛松寺など多数の僧侶による、古式に則った修法が執り行われ、壇信徒は本堂前のテント内で法要に参列した。式後霊城師の法話の中で、浄厳和尚・照遍和尚の事績と挿話の一端が紹介され、参列者は改めて遺徳を偲んだのだった。

私は先年尾道の千光寺に遊んだ際に、浄厳和尚の事績がこんなところにまで及んでいることを発見し、広範な活躍振りを知らされ、同郷の者として嬉しかった。また、照遍和尚が入寂された際、大阪朝日新聞が「鬼住の生き仏遷化（せんげ）す」と題して、三日間にわたり特集記事を連載している内容を図書館で確認し、二人の傑僧の足跡の大きさと遺徳の深さに大変な感動を覚えた。

延命寺は神が丘地区の中心なので、子供の頃はここを舞台にさまざまのことが催された。布教場で戦時中は疎開者などを受け入れたこともあるが、戦後は餅まき、漫才・浪曲などの芸能、田舎芝居、民謡踊り、映画上映会、音楽会などを村人は楽しんできた。境内では夏の宵に盆踊り大会が毎年のように催され、子供からお年寄りまで夜の更けるのを忘れて楽しんだものである。蓮池の水を抜いた後の村人総出の池ざらえ（じゃこ採り）風景も懐かしい思い出である。

大学生の頃、高校時代の友人二人と一緒に西の寮舎に泊めていただき、夕方や早朝に山内を散策し、フォスターやナポリ・スコットランド・ロシアなどの民謡を歌ったり、夜更けまで将来の夢を語り、議論をしたことも思い出である。

延命寺といえば、残念ながら火災のことに触れざるを得ない。昭和になって運悪く本堂が二度の火災に遭い灰じんに帰した。昭和十七年のときはまだ小さかったので記憶にないが、昭和四十六年のときは悪夢のような情景がまざまざと思い出される。

本堂の再建には二度とも亡き父が深くかかわってきただけに私としても感慨深い。

昭和十七年のときは、第二次世界大戦の戦局が芳しくない時勢に向かう時期で、物資が不足しており、すぐの復興はかなわなかった。終戦直後はさらに物資窮乏の時期で、再建は思うにまかせなかった。しかし、本堂の再建は覚城和尚はもちろん壇信徒にとっても悲願だった。父から聞いた話だが、ある年の檀家総代会の席上、本堂再建の話が再燃し、総代の一人（梅尾冨次氏）から、何としても本堂を再建しよう、そのために私が率先して持ち山の欅二本を寄付するから柱に使ってほしい、そして他の檀家も後に続いてほしいと熱弁をふるわれたという。このことがきっかけで再建の話が一気に進んだという。鬼住地区の檀家を中心に欅の木の寄付の申し出が続き、それぞれの山から大木を伐り出して、後に本堂の柱などに生まれ変わったのだった。

その頃は物資も資金も乏しい時期だったので、再建には幾多の困難が伴った。寺領の山林から杉と檜を伐採して資金を確保するとともに用材に充てることが決

延命寺本堂

議された（副委員長の身内が製材所を経営していた）。

浄財を仰ぐために寺をあげて関係先への寄付を募ったが、時節柄思うにまかせない中で、一番ユニークな企画は長野小学校の講堂を借りての大浪曲大会の開催だった。総代の一人（西田静雄氏）がこの方面にコネクションをもっていたのが幸いし、当時大変な人気のあった梅中軒鶯童や日吉川秋水など一流の浪曲師の出演が実現したのだった。檀家が知人をたよって広く入場券を売りに歩いたので、当時長野や三日市でも話題になったくらいで、片田舎で思いついた企画としては、今考えても出色のものだったと思う。

建築委員長を誰にするかでひと悶着があった。地元鬼住から出すべきだということで、私の父が引き受けることになった（当時父は川上村会議長として忙しかったが、長を引き受けてくれれば、西浦田造氏が副委員長として、自宅が寺にも近いので、日々の監督にあたるからということだった）。

終戦直後の時期は会社勤めをする人が少なく、農林業に従事する人が圧倒的に多かったので、村人はこぞって建築作業に奉仕した。私たちは学校の帰りに立ち寄り、建物が少しずつ出来上がっていく様を興味深く見守ったものである。

このような苦労を重ねて、ようやく昭和二十六年に本堂の落慶法要にこぎつけた。家に残っている上棟式当日の写真には関係者の晴れやかな表情が写っている。棟梁の香川武雄氏、町から疎開してきていた植山の大工さんなどの名前を懐かしく思い出す。困難な中での本堂の完成は、覚城師以下壇信徒あげての再建に向けた熱意の結集の成果だった。このようにして間口六間、奥行き八間の檜皮葺き、単層入母屋造りの本堂が再建できたのだった。欅の芳しい香りが漂う、少し背丈の高いどっしりとした印象の建物が、周囲の木立に映えていた。

ところが、再建後二十余年しか経過していないのに、不幸にして昭和四十六年秋再び、本堂が火災に見舞われた。当日夕方七時頃に本堂裏の府道を単車で帰宅して一時間後のことだった。サイレンがけたたましく鳴り何事かと思っていると、電話で延命寺が火事だという知らせ。あわてて回り道のところまで出てみると、西の空が真っ赤に燃えあがっていた。これは大変だと父と一緒に息せききってお寺へかけつけた。お寺に近づくと火の粉が舞い、すでに大勢の人だかりだった。蓮池と鬼住川からホースをつないで消防団の必死の消化活動にもかかわらず、残念ながら大半は燃え尽きていた。最後に梁が音を立てて焼け落ちる様を父が茫然と見つめていた姿を忘れることができない。膝がぶるぶる震えていた。本堂再建に深くかかわり苦労してきた一人として、何とも言いようのない切ない思いだったに違いない。

火災後総代会で本堂再建について論議された。前回再建当時の状況から、社会経済情勢が大きく変化していた。かつてのような浄財の寄進、労働奉仕などは期待できる状況になかった。幸いなことにお寺近くに宅地開発事業が起こされ、寺領の一部が買収にかかった。この資金を再建に充てることが決議され、再び父が建築委員長を引き受けることとなり、再建計画がスタートした。本堂は木造瓦葺とすることとし、その設計監理を大岡実之東大教授に、本尊の製作は大阪市立美術館長望月信成博士の紹介で、奈良の大学教授に依頼したのだった。建築工事も寺院建築の経験が深い企業に発注した。従って、前回のときのような檀家や地域の人々によって寄進や奉仕など過度の負担をかけずに、本堂再建は進むことになった。

しかし振り返って、戦後二度にわたる本堂の建築事業は関係者にとって大変な難事業であり、これが成功したのは菩提寺を守りたいという檀家の熱意という仏に帰依する気持ちの篤さに外ならないと思う。今、本堂は杉木立に囲まれて落ち着いたたたずまいを見せている。本堂脇の銀杏の大木は二度の火災に痛めつけられながらも、今なお青々と元気さを保っている。何百年の昔からこの寺の盛衰を見守ってきた生き証人のようなものである。

もう一つ府立公園指定の経緯にも触れておきたい。河内長野市が発足して間もない頃、市の要望もあり、市内の観光地を府立公園に指定する動きが起きた。当初長野遊園、河合寺、観心寺は指定に入ったが、延命寺は外れていた。これを残念に思った父は、歴史に残る名僧を輩出し、紅葉の名所が外れるのは納得がいかないと、橋上義雄府議の仲介で、時の赤間文三知事、古川丈吉代議士、大仲府議（常任委員長）を延命寺に招いて、寺の由緒・風格と紅葉の美しさを認識していただき、府立公園に指定の陳情をしたのだった。アルバムにそのときの貴重な記念写真が残っているが、全員が物故された今となっては懐かしい。赤間知事来山の記念に植樹していただいた楓の木が不運にも枯れてしまったのは残念である。

今、延命寺の境内は建物が整備され、花木もよく茂り、季節の移ろいの中で色彩豊かな表情を見せている。お寺近くに住宅団地ができたことなどにより、新たな檀家も増えた。府立公園指定後に増殖された背後の紅葉山がよく育って、秋には全山燃えるように錦を織りなす。参拝者、写真撮影者、絵筆をとる人、和歌や俳句を詠む人など、四季を通じて訪れる人は増えつつある。寺運が盛んに向かいつつあることは、檀家の一人として喜ばしい限りである。ただ観光的に賑やかになり、鑑賞の対象としての評価だけでなく、祖先への回向、人間の生き様ともかかわり、心の問題として仏教が機能し、その道場として延命寺が見直されることを期待したい。

＊『河内の野面』（平成十五年　文芸社）より再録

# あとがき

前回『河内つれづれⅡ』を刊行したとき、これで本を著すのは最後にしようと思っていた。息子たちからも、年金生活者で無駄な出費はこれぐらいにせよと強く諫められていた。ただ私は文筆が趣味であり、感じることを文章にし、時には投稿したり、毎日「想い出日記」として綴ってきた。特に私の記憶している南河内のことを書きとどめ、大袈裟（おおげさ）ではないが、昭和から平成の河内風土記的なものを記録しておきたいと考え、河内四部作を刊行したのだった。それが私がこの世に生を享けた証でもあると思っている。本書の「精一杯生きて」の中でも触れておいたが、いつの間にか八十代に入り、今のところ健康に恵まれ元気に過ごしている。終戦の年に小学校に入学し、以来七十数年が過ぎた。その間に日本国は大きく成長発展し、経済や社会もさまざまに変貌し、その中で私は仕事をし生きてきた。振り返って実にさまざまのことを経験した。社会の変化のテンポがどんどん早くなっていくので、若い世代は一生のうちにどれほど多くのことを経験するのか想像もつかない。しかし一方で、季節は繰り返し巡ってくる。南河内の自然は変わらずに人々を受け入れて存続するだろう。現在、新型コロナウイルスの感染拡大により、地球上で大騒ぎをしている現状を見るにつけ、人間の存在の小ささを思い知らされ、くよくよしても始まらない、季節は巡り、悠久の自然は変わらずに存在する。

そう思うと元気な間に好きなことをしておこうと思い立ち、これまでに書き残した身辺のことを文章にしておこうとペンを執った次第である。ただ本書に書いてある内容はいささか個人的なことが多く、読者にとって示唆に富む内容に乏しいかも知れない。しかし、私としては記録しておきたいと思ったからである。

本書を刊行するにあたり、いつもながら竹林館の左子真由美氏に、さまざまに助言を賜った。そして、地元で画家として活躍しておられる林田健二氏に表紙やカットを飾っていただき、拙文に花を添えていただいた。両氏に心からの謝意を伝え、ペンを擱くことにする。

令和三年　夏

著者記す

著者略歴

伏谷勝博（ふしたに・まさひろ）

エッセイスト
昭和 14 年 1 月　大阪府南河内郡川上村（現河内長野市）生まれ
大阪市立大学法学部卒業
大阪市立中央図書館館長、河内長野市助役歴任
大阪府河内長野市在住

著書『河内の野面』（平成 15 年　文芸社）
　　『河内つれづれ』（平成 20 年　竹林館）
　　『河内の四季つれづれ』（平成 23 年　竹林館）
　　『河内つれづれⅡ』（平成 29 年　竹林館）

**河内つれづれ散歩道**

2021年 9月20日 第1刷発行
2021年11月20日 第2刷発行

著　　者　伏谷　勝博
発 行 人　左子真由美
発 行 所　㈱竹林館
〒530-0044　大阪市北区東天満2-9-4　千代田ビル東館7階FG
Tel　06-4801-6111　Fax　06-4801-6112
郵便振替　00980-9-44593　URL http://www.chikurinkan.co.jp
印刷・製本　㈱太洋社　〒501-0431 岐阜県本巣郡北方町北方148-1


ISBN978-4-86000-459-0　C0095